当时明月在

曾照彩云归

别山灵灵

阅读越美丽
开卷好心情

常照云归

一只西飞雁 著

陕西新华出版传媒集团
三秦出版社

图书在版编目（CIP）数据

曾照云归 / 一只西飞雁著． — 西安 ：三秦出版社，
2022.5
ISBN 978-7-5518-2616-7

Ⅰ．①曾… Ⅱ．①一… Ⅲ．①长篇小说－中国－当代
Ⅳ．① I247.5

中国版本图书馆 CIP 数据核字（2022）第 071212 号

曾照云归

一只西飞雁 著

出版发行 陕西新华出版传媒集团　三秦出版社
社　　址 西安市雁塔区曲江新区登高路 1388 号
电　　话（029）81205236
邮政编码 710061
印　　刷 湖南天闻新华印务有限公司
开　　本 880mm×1230mm　　1/32
印　　张 7.5
字　　数 149 千字
版　　次 2022 年 5 月第 1 版
　　　　　　2022 年 5 月第 1 次印刷
标准书号 ISBN 978-7-5518-2616-7
定　　价 42.80 元

网　　址 http://www.sqcbs.cn

目 录

第一章

任教电路原理的罗教授近日流年不利，在陪小儿子玩滑板时摔折了腿，于是派了自己的得意门生梁明月来代课。

课没代几节，梁明月名气已在大二学子间小小转了个圈。程文凯便一定要拉着王丛骏来一睹芳姿。

"据说长得花容月貌，清丽无双，可惜是个冰美人，上前搭话的通通铩羽而归，阿骏，你要不要试试？"

王丛骏昨晚通宵游戏，困得睁不开眼，他懒洋洋地说道："姐弟恋没兴趣。"

上课铃响，门口走入一手抱笔记本电脑的高挑女子。她穿一条墨绿的及膝裙，长发垂在腰间，两相映衬，显得发黑似墨，肤白胜雪。

待得看清正脸，程文凯连撞王丛骏手肘："阿骏，你快睁眼看看，讲台上那个百分百是你的菜。"

王丛骏不肯动："你懂不懂什么叫尊师敬长？"

"少来。"

等到教室安静下来，清泠泠的声音响起："请同学们把书翻开，预习一下本节内容。"

"好听。"程文凯赞一句。

王丛骏终于抬起头来。他们坐在后排的正中间，台上人调整投影、别话筒的神态一览无遗，程文凯啧啧感叹道："果然美人做什么都赏心悦目。怎么样？阿骏，你不就喜欢这种清纯高冷，还带点书香气的吗？"

王丛骏："谁喜欢？你能别每次碰到个周正点的就非说我喜欢吗？你害我多少次了？"

"不喜欢吗？小茜不就是这个类型，我记得你们在一起挺久啊。"程文凯无辜道，"再说了，这学姐可不只'周正点'，明明相当漂亮，一点看不出大了我们三岁，说高中生我都信。"

"是七岁。"身旁有人纠正他，"学姐是工作了几年后来考的研，比咱们大了七岁。"

程文凯惊了一下："啊？"

"哈。"王丛骏笑他，"好大个惊喜。"

"不会有家有口，孩子都老大了吧——"

"那倒没有。她就住在西苑。听那边的学姐说，梁学姐生活规律，三点一线，就是寡言冷漠，独来独往，很不好打交道。"

程文凯："对女生也这样？"

"对。无差别壁垒。反正评价不太好，说她假清高，目中无人什么的。"

　　王丛骏："叫什么名字？"

　　"梁明月。"

　　"怎么？"程文凯坏笑，"阿骏，你要去攻坚吗？"

　　"不，"王丛骏从容道，"知道名字以后要绕着走。成天摆脸色的女生谁喜欢？"

　　此话出口不到二十四小时，他就和梁明月滚到了一张床上。

　　人生真是太无常了。

　　那天晚上，他携伴参加一个小小晚宴。与三两好友聚在一块儿闲聊时，有一道视线总有意无意落在身上，他找过去，很意外地，对上梁明月乌黑深秀的一双眼。

　　她依旧是白天的装扮，抱手靠在椅背上，就这么看着他——或者他的方向。

　　视线与他相触后立马移开，不多时又绕了回来，王丛骏嘴角上扬，假作不知。

　　他想着梁明月"冷若冰霜"的风评，又想两人此前是否有过交集，记忆里干干净净，那为什么往这边看呢？他走到她身旁落座。

　　距离这样近，他故意不看她。良久，又或许只是一会儿，梁明月起身。

"借过。"她说。无视邻座宽裕的空间，她非要挨着他走过，素白的手在肩上轻扶，指尖慢慢划过后背。

王丛骏扬眉，既为她的大胆直接，又为身体所起的反应。他半边身子都快酥麻，便转去前台开了个房间。

他在通往大厅的曲折回廊截住她。

这走道铺了层厚重的深色绒毯，墙面上绵延着暗纹壁纸，光线昏昏暗暗。梁明月微低着头，目光落在别处，仿佛含羞带怯，不敢看他。

他心中好笑，将房卡放在她手心，倾身丢下一句"等我"，便转身走人。

经过转角时往那儿一望，她还立在原地，不知想什么那么入迷。

那晚他刚回到大厅，便被两位好友截住，拖着拽着拉去另一个房间。与一众狐朋狗友胡闹到深更半夜，他差点忘记梁明月。还是凌晨要散场，微醺的他才猛然想起：楼上好像有"藏娇"。

他不紧不慢地往电梯走。

脚步落在廊道里悄无声息，他的心静下来，难免想到梁明月。

真奇怪，之前明明都已抛之脑后，这会儿一想，左肩似有若无的轻抚感，又萦萦绕绕挥之不去。

房间里只亮了盏暖黄的壁灯，王丛骏绕过隔断，看了一圈，大床上雪被蓬松齐整，一旁的西式贵妃椅上睡了个团着的人。

他走过去，梁明月曲起身体朝外侧躺着。

王丛骏蹲下，捞起她垂落在外的一缕青丝，柔软微湿，还带有淡淡的香味。

他洗完澡出来，梁明月已在椅上斜靠，松松垮垮的，一手撑着额，盯着他看。

他愣了一秒，接着擦甩头发，有人目光就像黏他身上，他去到哪儿便跟到哪儿，一点不遮掩。

他坐到她面前，忽然想起今晚未听她说过一句话，有心想逗弄，却发现她的眼睛莹莹润润，像在克制，又像暗潮涌动，不知藏了什么秘密未说，总归不是寻欢式的迫切。

再要细看，他的双眼叫一只手蒙住了，带点隐约的香气，像覆在他心口。

他勾起嘴角，任她将自己推倒，吻在唇际流连。他其实不爱亲吻。可梁明月实在很富技巧，每一个停顿，每一处力度的加重，都让他难忍。

梁明月微微抬起身，如瀑长发垂落他胸膛："王……"

她才开口便被他一指封住："叫我阿骏啊。"他绕她一缕长发在指间，"学姐，你是不是对我一见钟情？"

梁明月不说话，她的吻代她做了回答。

急促的喘息心跳在夜中渐渐平复，王丛骏拢她在怀中，拨开她额边汗湿的发，看她轻轻颤动的眼睫，低头吻了她一记。

梁明月睁开眼，对上他的目光，仿佛情深意长，藏了数不尽的爱意，王丛骏受她蛊惑，将唇印了下去……

那夜的最后印象是，他还分神一念，这位学姐怕是妖精变的吧。

醒来已近黄昏，手机上有程文凯十七八个来电，他到阳台回拨，接的却是白宏，气势汹汹地质问他到底在哪儿快活，说好了今晚在金源一决高下，都几点了还不见人影，是不是怕了不敢冒头。

"孙子不来。"王丛骏笑骂，"给爷爷等着吧，手下败将。"

白宏回骂几句，让他记得带人来，他说："在这且得玩两天呢，我们都带了女朋友，你一人打单，那可太抢眼了。"

"他能带谁来呀？"程文凯颇为幸灾乐祸，"只有去大街上拉一个咯。"

"这就用不着你操心了，实在找不到，小凯，晚上我们三个人睡啊。"

"呸！你别来了！人渣！"

他回到屋内，梁明月还在睡，朝他的方向微微蜷着，唯一露出的小脸被细软黑发遮了一半，他走过去蹲下，拨开她凌乱的发，犹豫是自己走还是带人走。理性告诉他，是要到此为止了，可是他的脚像生了根，拇指在她的脸颊上摩挲，越摸越动弹不得。

明明也没什么特别，他细细打量她的青眉长睫，挺鼻菱唇，睁开时有些冷，睡着了却带几分孩子气，激动时眼尾会发红，如泣如诉又热情似火。

怎么不特别？再想下去，王丛骏要走不成了，他将人啄醒，故意撒娇："学姐，去不去玩？"

梁明月缓缓睁眼，似清醒非清醒，看着他的眼睛里蒙了一层轻纱，她伸出一只手，摸住他半边脸颊，一点一点，仔仔细细地看他。

王丛骏抓住她的手："这么爱看我？"

梁明月与他对视，王丛骏逼近她，声音里带了点诱引的意味："陪我去玩，让你看个够啊——"

她似乎在思考，过会儿才开口："我没有衣服。"

王丛骏一笑，拿过一旁矮柜上的纸袋，反手一倒，掉出来一条连衣裙。

梁明月也朝他一笑："熟能生巧啊？"

"冤枉。"王丛骏懒懒散散。

他的车一直往城外开，梁明月靠在座椅上补眠，好像一点不关心。倒是程文凯，看清副驾上下来的人，受到了惊吓。他"梁"字方出口便被王丛骏警告的眼神憋了回去。他以匪夷所思的神情回望，接下来的时间成了只热锅上的蚂蚁，一心等着王丛骏落单，好抓来拷问。

　　传说中的"冰山"更让他大跌眼镜，跟在王丛骏身边，哪还有半点架子，说千依百顺小鸟依人也不为过了。

　　王丛骏让她等，她便等；让她和别的女生坐缆车下山，她便去。站在争奇斗艳的花丛中，她扎个高马尾，一袭黑裙，顾盼间的姿态就已将周围人通通比了下去。

　　程文凯怎么看怎么不可置信，一天前她还在讲桌旁讲电磁场的基本量，还是朵只可远观的高岭之花，这才四十八小时不到，她居然跟着王丛骏出现在金源？

　　太玄幻了。他一时不知道该怀疑那些传言的真假，还是请教好友的"通天"本事。王丛骏刚打完电话，伸手搋了搋他："还看看看，看什么看？"

　　程文凯勾住他脖子："大佬，这次我真叫你大佬，你怎么做到的？"

　　"什么？"王丛骏装傻。

　　"少来，梁明月啊！你昨晚不是在——她也在？"

　　"嗯。"

　　"你给人家下药啦？"

"是啊，下的迷魂药。"

"哪儿买的，这么见效？"

王丛骏停住脚，偏脑袋看他，眉头帅气地一挑："看见没？我往她面前一站，就是迷魂药。"

程文凯半信半疑，他知道王丛骏德行，主动是不可能的。他说："这么肤浅？"

王丛骏耸耸肩，不置可否。

"她不会认识你吧？"

"认识啊。"王丛骏想起梁明月昨晚才出口便被他堵住的名字，"她知道我是谁。"

"那人家就是冲你来的啊！真是人不可貌相。阿骏，你真是上下通吃，老少咸宜啊——"

"去你的——"王丛骏抬脚一踹。

"哈哈哈！"程文凯躲了一阵，又贱兮兮来问，"哎，学姐怎么样？"

他还要再问，车童已将两人的车开至身边。王丛骏又踹他，"赶紧滚吧你，嘴真碎。"

"再问一个——"

王丛骏手一拉，将声音关在门外。

金源是雁城一个高端会所，建筑横亘几座山头。

白宏带着座驾，在弯道的起点候他已久，王丛骏将车滑至他身边，听见白宏嚣张喊话："小骏小骏，听说你带了个神仙姐姐来，在哪儿呢？等会我要赢了，你得让她陪我吃饭啊！"

"少做点梦吧！"

枪声响起，车轰鸣着疾驰而出。

缆车上的女生也在跳脚喝彩，梁明月望了眼蜿蜒山道上紧咬的两辆艳丽跑车。

"小白飙起来真是疯。"一个穿着嫩黄色短裙的女生扶住护栏，一面目不转睛地盯住下面，一面喃喃道，"也不知道这回谁能赢——"

好几个女生扑哧笑起来，有个短发女生故意说道："真的吗？小乔啊小乔，你真不知道谁赢啊？"

小乔叹了口气："那我肯定希望小白赢啊。想都不准我想一下，你们也太坏了。"

众人大笑，小乔又是一阵小拳拳，雪雯抓住她的手问道："哎哎，小乔，你劝劝你家小白呀，干吗老跟王丛骏死磕呢？回回输，回回比，好歹换个人呀。田田，佩佩，你们说是吧？"

田田："是呀。"

小乔挺无奈："小白不甘心呀，他觉得自己次次都有飞跃式进步，赢回王丛骏只差一点时间而已。"

"没有一点悬念，我们家文凯现在都懒得打赌了。"雪雯摇摇头，指向山脚，"你们看，王丛骏故意在终点线前等着呢！"

到了中后段，白宏就知道胜负已分。不过王丛骏又装模作样地在一脚油门便冲过的地方等着他，还是让他气不打一处来。他偏偏不信邪，一脚踩到底——擦在他后边过线。他气得猛拍方向盘："什么破车！"

"热烈庆祝啊！宏子！只差一丁点儿了，这次真只差一丁点儿了！"

"下次肯定扬眉吐气！一雪前耻！"

白宏黑着脸："滚，滚，滚！"

王丛骏靠在车旁，身后是无边晚霞，欲坠夕阳，他抓抓有些凌乱的头发，语气欠扁极了："服吗？"

"算你狠。"白宏在他肩上拍一掌，"我们再比一个。"

"怎么比？"

白宏随手捡了块石头，在十来米开外的地上划下一道白线，人往白线后一站。

"你开，我是终点；我开，你是终点。谁用时短谁赢。"他扬着下巴，挑衅地看向王丛骏，"敢不敢？"

程文凯揽过白宏肩膀开玩笑："小白，你别不是输红眼了，怀恨在心，想趁这个机会把咱们小骏撞飞吧？"

"放心吧，程文凯，用不着你母鸡护崽似的拦在前边，让你们小骏先来不就成了！"白宏动手赶人，"都走走走，惜命的都边上去。"

众人嬉笑着往两边退开，程文凯在王丛骏身边留了一句："别太疯了。"

王丛骏不知听没听见，他把钥匙抛给白宏："你先来！你可千万别不行啊，小白！"

梁明月全程跟着前边的几个小姑娘，从出口拐向山脚的大道。

离路边越近，喧闹声越大，仿佛那边有什么不容错过的盛事，姑娘们追着跑着，加快了步伐。梁明月落在最后，随着人潮停下，因为身高的优势，她的视线轻易越过面前的几个脑袋——待得看清前面景象，梁明月脸色瞬间一片惨白。

黑亮空旷的柏油路上只站了王丛骏一人。

金乌西沉，灿烂霞光里，他立在原地，张开双臂微仰着头，衬衫被山风吹得猎猎作响，侧影纸一样单薄，又或许不是风，是那辆冲他加速猛冲眨眼便到眼前的车。梁明月的脑中一片空白，她好像突然失聪，双腿却快过中枢，飞速奔过去将人推开。

冲力太强，两人都跌在地上。

王丛骏背部着地，撑在地上的手肘擦出一片辣疼，他恼火极了，一挥手将身上人推开，在抬眼的同时却与梁明月在零点几秒的缝隙里对视。电光石火间，他被定住了手脚，为她眼中一闪而过的后怕、遗憾、悔恨，甚至是痛楚，她的眼睛因为这些奇异的情绪光华顿生，王丛骏怔怔的，身上某处被狠狠击中。

他甚至忘了起身。

白宏被这位半路杀出的"程咬金"气个半死，一脚急刹，在车轮刺耳的摩擦声中，他火都不熄，气冲冲地奔过来兴师问罪，正要破口大骂——梁明月一骨碌爬了起来，二话不说，将他一脚踹倒在地。

旁人看得呆了，白宏自己也呆了，他不可置信地将视线缓缓移向面前的陌生女人，心头火腾地一下升到三丈高，大骂了一声。白宏从地上跳起来，扑过去抓人来算账。

王丛骏比他更快，一闪身已挡在两人中间，将梁明月护在身后。

"让开。"白宏沉着脸。

"小白，"王丛骏拦着，手安抚似的放在他肩头，"听我说，小白，她没见过，不懂事。算我输了，你放她一次。"

王丛骏铁了心护着，白宏气再不平，也知道自己是碰不到人了，他指着梁明月鼻子骂道："你哪儿来的疯狗？莫名其妙！病没好就别跑出来吓人！"

梁明月不作回应，只一脸厌弃地看着他，像在看路边的垃圾。倒是王丛骏瞪了他一眼："怎么说话呢？"

白宏冲车子踢了一脚，他放了狠话："别让我再看见你！"

　　梁明月转身就走。

　　王丛骏回头去拉，被甩开，她极其失望地看他一眼，大步往外迈，王丛骏被那一眼看得寒从脚底起，愣了一秒才追过去。

　　程文凯象征性地鼓了鼓掌："优秀。"

　　有好事者道："王丛骏哪儿找来这么个宝贝？"

　　程文凯："你也想要？"

　　一个说："怎么不想？这姑娘痴得很啊，跑过去那叫一个决绝，那叫一个奋不顾身，我差点以为王丛骏真要被撞死了。"

　　另一个说："对啊，架势太足，搞得我都紧张起来了。"

　　程文凯悠悠道："兴许这姑娘演技好。"

　　"她看着仙，踹小白那一脚可一点没留情，真带劲。"

　　王丛骏拦不住梁明月，便任她往前走。他脚步轻快地跟在身后，跟一阵又玩儿似的拦一阵，反复几次，梁明月就是再瞎都感觉到了某人的好心情。她怀疑她都听到口哨声了。

　　她停下来："你就这么开心？"

　　"你就这么爱我？"

　　梁明月顿住了，王丛骏身躯微弯，歪头来看她的表情，他轻声问："梁明月，你这么爱我吗？"

梁明月皱着眉："你脑子被撞坏了？"

王丛骏："你这么英勇，我怎么会被伤到？"

"是我蠢。"梁明月说，"是我多管闲事。"

王丛骏："你是不是生怕我出事？"

梁明月看傻子一样看他，她闭眼沉默了一阵，才问道："你想过万一——在乎你的人有多心痛吗？"

"是你会为我心痛吗？"

王丛骏依旧笑吟吟的，一副满不在乎的样子。

梁明月冷笑一声，不再说了。

"我们之前见过吗？"王丛骏问她，"学姐，你暗恋我吗？"

梁明月怔了一下，王丛骏笑了，又问："什么时候的事？"

"白痴。"梁明月的表情又冷了下来。

王丛骏一点不生气，他抬起手肘，红红紫紫的一片，还混了沙土。他可怜兮兮地说道："你看，你冲过来力气那么大，都破皮了。"

"明月，"他去拉她的手，"明月，"多叫几次名字，她虽然还是紧闭着双唇，神情却似乎软化了，"明月，回去吧，我保证再不跟他们这么玩了。好吗？好明月。"

梁明月能说什么，她贪恋他唤出口的一声声"明月"，"中邪"一般跟着去了。

那日过后，王丛骏变得黏人不少。

以往一跟着朋友疯玩，便会将女生赶开的王丛骏，现在化身幼龄儿童，连打个网球出了汗，都要跑出去让梁明月亲手擦净。

程文凯二十年来就没见过这个光景，被恶心得不行。

雪雯也走上前来要给他擦，程文凯自己接过，在她脸上摸了一把说道："真贴心，不过晒着你我可要心疼了。"

"别打了吧。"雪雯拉着他撒娇，"这都有点热了。"

"自己非要跟来。"程文凯在她脑门上一点。

雪雯往后一倒，站不稳似的："那还不是看梁姐姐跟着王丛骏来了嘛。"

"叫得这么亲热，干吗又排挤人家？"

雪雯脸一红："什么排挤，哪有那么幼稚？"

程文凯笑了，他说："宝贝儿，还不明显啊？"

他下巴一抬，指向球场边上撑着的巨大阳伞，这阳伞撑了好几个，下边都摆了藤椅和小圆几，小圆几上又铺满了切盘的水果和冰饮，是专给女生休息用的。

其他桌热热闹闹和乐融融，只有梁明月孤零零地独霸山头，周围冷清又寂寥。

不过王丛骏一去，姑娘们谈笑就不够专心了，耳朵都长了一些。

雪雯道："那我们不熟嘛，不好贸贸然去讨人家嫌咯。"

"嗯，真懂事。"

　　雪雯："这个梁姐姐什么来历呀？"

　　"人家就坐那儿，你去问啊。"

　　雪雯走回去，还未坐下，田田便直起身，急切地问道："怎样？"

　　雪雯撇撇嘴："让我自个儿问。"

　　"哎，讨厌。"田田跺脚。

　　雪雯："刚刚王丛骏和她说什么了？"

　　"还能说什么，卿卿我我打情骂俏呗。"

　　小乔："真没想到王丛骏吃这套，昨晚上差点没把我看傻哦。"

　　其他人纷纷附和，表情如出一辙的复杂。

　　昨晚梁明月居然就在她们眼皮底下，演了这么一出夸张戏码！她们目瞪口呆之余，一致认为她太扫兴了，同仇敌忾地将她"批判"了许久。

　　雪雯："男人就这么好骗啊，没看他消失了一整晚，今天又这么形影不离蜜里调油的，心里不定多喜欢呢。"

　　小乔："对，刚刚还给她喂水果了。唉，什么时候见王丛骏这么温柔过啊。"

　　佩佩很不服气："还以为王丛骏多难搞呢！这么低段的戏都能上当——不就将他推开吗？我指不定发挥得还好

些呢！"

她们摇摇头，又看一眼相隔两个桌位，相距不到五米的梁明月。

她望着王丛骏的方向，手中端一杯冰水，明明将她们的对话尽收耳底，却面无表情，仿佛无知无觉。

晚间，男男女女陆陆续续聚在山顶。

山顶有间开阔璀璨的大厅，三面墙并天花板都是玻璃打造，抬头是墨蓝天空和星月，往外是金碧辉煌的雁城夜景。隔了这么远，这么高，城区与远方的交界，模糊成了一片流光溢彩。

王丛骏将梁明月带进去，便不见了踪影。

梁明月坐在落地窗边的高脚椅上。

有杯酒送至她手边，她抬头，是一个穿着西装的男人。他嘴唇上方留了短短的两道胡子，一笑却露出两个酒窝来。

"一个人？"他问。

梁明月移开目光，漠然置之。

他也不恼，又靠近了一点儿，凝视她侧脸："我是不是在哪儿见过你？"

"打住啊。"王丛骏走到前面不给他发挥的机会，"石磬哥，你就别想了。"

"小气。"石磬哼一声，将杯中酒饮尽，转身走了。

王丛骏低头，将梁明月垂落的发别在耳后，勾起她下巴："学姐，有人来搭讪，你要打发走才对啊。"

梁明月："你不是来了吗？"

王丛骏笑了，他将她的座椅一转，面向雁城的夜色。

"什么时候回去？"梁明月问。

"明天。"

"这么快。"梁明月极轻地呢喃一句。

王丛骏勾起嘴角，侧过身来看她："学姐，你是不是舍不得啊？"

梁明月看他许久，忽然抬身来吻他，王丛骏闭着眼，压住她后颈，加深这个吻。

次日，王丛骏将人送回西苑，驶离学校时接到程文凯电话，叫他去一趟佳膳。王丛骏手一转，调了方向。

他熟门熟路地找到里间，哗地一拉门。程文凯毫无风度地盘腿坐在竹席上，面前方桌大盘小碟铺满，明显都动了一些，筷底还夹着一小片鱼。

程文凯往他身后看："哎哟，一个人来的，还真送回去了？"

王丛骏坐在他对面："你多大了，还要人陪着吃饭？"

"反正你也一个人，咱们相依为命不是挺好？"

"谁要跟你相依为命？"王丛骏拿起筷子，"我真是服了，下次能不能麻烦你放过我，打给该打的人？"

"其实不叫你也行。"程文凯坏笑道，"我现在发现有一个人也很合适，特安静，问她都不开口的那种。"他手一伸，"阿骏，把梁明月手机号给我。"

王丛骏一筷子敲回去："少做梦。"他动作一停，忽然想起他好像没有梁明月的联系方式。

不怪他大意，这两天梁明月跟他寸步不离，他极少或者压根就没见她用过手机。她好像一个与世隔绝的人。

程文凯："阿骏，你变了，你以前不会为了一个女人打我的。"

"对，"王丛骏没好气道，"是我错了。打你根本不需要理由。"

程文凯大笑，他说："对了。阿骏，你知道他们说什么吗？说你这回中大彩，终于找到真爱。"

"真爱？谁？"

"梁明月啊。"

程文凯："你看不见自己这两天多反常吗？"

"哪里反常？"

"哪儿都反常。从赛车完，就对人梁明月千依百顺，要多特别有多特别，好像完完全全被收服。"

王丛骏无所谓道："你们想太多了。"

"怎么没见你跟以前的女朋友这么投入？"

"以前的女朋友也比不上梁明月投入啊。她把我推到地上，我吓了一跳。"

　　"你觉得她爱惨了你？"

　　王丛骏想了想："不知道。她很矛盾。"

　　梁明月有时候会给他一种深爱的错觉，比如那次在他心中深深烙印、想起便会心跳加速的对视，比如在暗处纠缠的无数个亲密时刻。

　　可她为什么又在某个瞬间犹豫，为什么仿佛挣扎过后才能与他靠近？他觉得不解，觉得兴味盎然。

　　"也许她放长线钓大鱼。"程文凯说，"爱也好，迟疑也好。她演给你看的。看，你这不是上当了吗？"

　　"哦。"王丛骏懒得争辩。

　　一直到周五，新的一节电路原理课来临，王丛骏都没有等来梁明月的来电。

　　当然他不承认自己在等待。他只是觉得事情这么没首没尾，很奇怪。所以他乖乖去上课了，打算瓮中捉鳖。

　　谁知门口走进来的，是拄着拐的罗教授。

　　大课都是两节连上，他面无表情地坐完一节课，心情有点糟糕。

　　其实停在这里刚刚好。一切正好回到正轨。

　　那梁明月呢？王丛骏不得不想，或许她根本不想有以后。

他忆起在西苑门口的最后一次见面，她在他脸颊边轻轻吻了一记，所以那不是再见，那是道别。

王丛骏感到恼火，因为他无法说服自己相信这个结论。因为梁明月在他脑海中鲜明生动、存在感十足。

"嗨。"

面前出现一张大大的笑脸，是一个歪着脑袋的女孩儿，栗色卷发，眼睛笑得弯弯的。她朝他眨眨眼："你好，我叫岳珂，可不可以做你女朋友？"

岳珂一口气说完，脸就不争气地红了起来。

她其实没有这么单刀直入跟人家表白的经历，不过听前辈们说，王丛骏就喜欢直接直白、不扭捏拿乔的女孩儿。她也只好克服羞怯，大大方方地来追求一下了。

她知道王丛骏在看她，也知道自己好看，只是他迟迟不回答，让她的心七上八下，勇气仿佛都流失了。她握了握拳，给自己悄悄打气，又笑一笑，语音娇软："可不可以嘛——"

她听到周围有哨声、喝彩声，脸烧得更厉害了。

这么可爱的女孩儿，比梁明月可爱多了。王丛骏这么想着，逗了她半天，最后才说："可是我有女朋友了。"

在众人的笑声中，岳珂走了，走到门口还往回看了一眼。她觉得王丛骏真的好恶劣，和传言中的一点没差，可是他真的好帅。

王丛骏这么胡闹一通，心情也不见得畅快，他在教学楼下站了会儿，决定不难为自己。

还未走进研究院的大楼，王丛骏就看见了梁明月。

她站在球场通往小食堂的林荫道上，穿一条砖红色的吊带长裙，长发盘了圆髻，显得皮肤雪白，脖颈修长，十分吸人眼球。

有位手抱篮球的高大男生亦步亦趋地跟在她身后，嘴里似乎在飞快地说着什么。

王丛骏站在另一侧的台阶上，等着他们走过来，因为树的遮挡，梁明月并未留意到他。

他听见男生说："学姐，我们明天下午有对抗赛，你真的不来看吗？学姐，你来的话，我们一定能发挥得特别好！学姐，加个微信嘛，明天我叫你——"

梁明月置若罔闻，只顾疾步往前走。男生见小食堂近在眼前，急了，忽然一个大跨步，拦在她面前，赖皮道："我不管，学姐，我不会放弃的，你要不肯给我，我就一直缠……"

梁明月根本不听他废话，绕开便走，男生不让，他双臂平举，她往哪儿走就拦在哪儿，梁明月脸上表情极度不耐烦了，男生却丝毫不察，见她停住脚，还笑嘻嘻挺得意似的。

王丛骏正要过去，就见梁明月一脚狠狠踹在男生小腿胫骨上，男生愕然之下吃痛跳脚，再要追时梁明月猛地转身，指尖快戳上他鼻子，寒声道："滚。"

她双目冰冷，好像真的不想再看他第二眼，男生有点被震慑到了，又听她冷冷道："别来烦我。"

　　他在她远去的脚步声里摸摸鼻子，讪讪道："这么凶的吗……"

　　王丛骏第一次见识她这一面，莫名觉得十分新鲜又十分血热。他在她要走进小食堂时，扬声喊了一句："明月！"

　　如愿看见那人停住脚步，恰巧一大拨学生推搡着出来，她在汹涌人潮里回头。像电影里的慢放镜头，王丛骏大步过去，箍住她纤细的腰，贴紧自己，挑起下巴吻了下去。

　　梁明月睁着眼，身躯僵硬，她好像没有反应过来。王丛骏稍微退开一点儿，箍在腰间的手却又加了点力气，梁明月被迫踮脚，目光中有意外，还有说不清道不明的犹豫。可她的手稳稳放在身侧，到底舍不得推开他。

　　王丛骏一笑，以只有两人能听清的音量低声道："梁明月，你就别装了。"

　　梁明月定定看了他两秒，闭上眼，勾住他的脖子回吻。

　　这大伤风化的几幕戏发生得风驰电掣，围观群众还没从刺激中回过神来，男主角已拉着女主角跑远了。

　　到了车上，两人又相拥着亲了一场。王丛骏看着在他怀里气喘吁吁的梁明月，连日来的不快消散大半，他揉着她的耳垂，半真半假地抱怨："我不喜欢欲擒故纵，"他说，"我就喜欢直来直往，像你开始那样。"

梁明月抬眼瞧他，两人都很明白对方意指何方，她忽然问道："你有几个女朋友啊？"

王丛骏："只有你一个。"

梁明月哼一声，明显不信的样子，王丛骏笑了，他抓她的手放胸口："心里只有你一个。"他学着她的语气，"那你有几个男朋友啊？"

梁明月："好几个。"

王丛骏开怀大笑，他想到方才她对别人的冷酷不容情，心情难以言表的舒畅，他说："哎，明月，你怎么那么爱踢人啊？"

"你看见了？"

"看见了。你好凶哦。"他亲亲她的眼睛，心头的一点得意不小心跑了出来，"你是不是没法儿抗拒我？"

梁明月不说话，王丛骏非要逗她："说啊，是不是看见我就喜欢，只想让我靠近？"

"你想太多了。"

"嘴可真硬。"王丛骏发动车子，大方道，"我就诚实多了，真的只有你一个。"

王丛骏把梁明月带回了家。

他住的地方不算大，几个房间的非承重墙被推倒，连成了一个特别开阔的空间，关着的门只有两扇，一个锁着洗手间，一个锁着从未有人踏足过的厨房。

　　来过的人只有程家姐弟，王丛骏不知道自己为什么要将梁明月，一个见面次数屈指可数，相识十天不到的女人带回来。

　　但当他关上身后的门，心中却涌起一股莫名的情愫。

　　他从后边环住她，在她耳边轻语道："你看，你是第一个，真的只有你一个。"

　　因为钟点工的每日光顾，屋内整洁如新，窗明几净，几个功能区一目了然，微风轻摇着纱帘，阳光漫洒在地毯。

　　王丛骏发现怀中的人在轻颤，笑她："这么感动啊？"

　　梁明月拿开他的手，她往前走了几步，立在屋子中央，目光随着脚步转了一圈，定在他身上，她张开双臂，王丛骏走过去，捧住她的脸亲了下去。

　　青天白日，两人在床上滚了几回。

　　滚到夕阳西下，小睡醒来，梁明月迷蒙睁眼，就着昏黄的光线往四周一扫，有几分不知今夕何年此身何处的错位感。

　　她翻一个身，对上王丛骏熟睡的俊脸，看了一阵，她靠得近了些，手指划上他鼻梁，还未走到鼻尖，听见有人的肚子叫了一声，她的手指叫人捉住。

　　王丛骏闭着眼笑起来，无声的，嘴巴却越翘越高，弯成了一道桥影。他往前一拱，将脑袋埋在她的颈窝里，闷闷道："我好饿啊……"

梁明月要把手挣脱，王丛骏不放，他抱着她的腰越缠越紧，温热的唇吻上她锁骨。

王丛骏不闹了，他低笑几声，摸过来手机要叫餐，梁明月将他的手按住。

"你……"梁明月伏在他身上，"你想吃什么？"

王丛骏有点意外，他确认似的睁大眼："你要给我做吗？"

"你想吃吗？"

"想啊。"王丛骏笑了，"可是我这儿什么都没有。"

"去买啊。"

王丛骏之前也陪女友逛过超市，但无论如何转悠的都不是这些货架。

经过零食区域时，梁明月无比自然地从最上层拿了一大包偏辣味的进口海苔。王丛骏微微讶异，这是他小时候爱吃的零食，梁明月是连这个都知道，还是纯属巧合？

见他神色有异，梁明月停下脚步："你不喜欢吃吗？"她作势要放回去。

王丛骏拿了回来："谁说我不喜欢？"

梁明月雷声大雨点小，摆出的架势好像要为他做满汉全席，结果只简单地拌了面条。

王丛骏看她切肉、炒番茄、过面、加调料、搅拌，从未经过烟火的厨房飘出阵阵香味。

他故意说："你就拿这个打发我啊？"

梁明月不理他，将一大一小两碗都端出去，王丛骏跟过去坐下，架子挺足，拿起筷子先吃了一口。

梁明月："好吃吗？"

王丛骏矜持道："还可以。"其实味道极好，入口爽滑鲜嫩，余味悠长。

两人对坐，王丛骏越吃越快，梁明月却不怎么专心，她更专注于看他表情，好像他的反馈对她来说很重要似的。王丛骏心中暗爽，很给面子地吃完，手一伸："手机拿来。"

梁明月警惕："干吗？"

"你说呢？"王丛骏敲敲桌面，"我是不是每次都要到门口来找你？"

"要不咱们随缘见吧。"

王丛骏："什么？"

"我晚上还要回去，有个报告要交。"

"哦。所以呢？"

"我基本不怎么用手……"

"梁明月，"王丛骏不耐地打断，他说，"你能别口是心非吗？你不怕我真撂开手？"

梁明月沉默一阵，拿出手机解了锁，王丛骏抽过去，给自己拨号，惊讶地发现她确实没有存号。

"真不知道你拿手机是不是做摆设。"他顺势翻了遍她的通讯录，寥寥几个人名，一拉就到了底。

"还我。"梁明月微微变色。

"这么紧张啊，"王丛骏往后一靠，单手举高，手机却突然振动起来，他一看，屏幕上三个大字：周琪儿。

他递给她，梁明月一接通，那边便传来颇为激昂的女声："宝贝儿——"

后面的听不清了，梁明月显然有点尴尬，走远了和人通话。

"没想到你还有朋友。"王丛骏的语气很欠扁。

王丛骏时常会来实验室等她。两位各具话题度的人物出双入对，毫不顾忌，这段关系很快就传得人尽皆知。

当然具体是什么关系，也没人去找两位当事人求证，确实也没什么好求证，如果不瞎的话。

这其中最惊讶的当属梁明月室友，夏思盈。最开始有人向她打探时，她像在听天方夜谭，两个风马牛不相及的人怎么可能扯在一起？

而且她那位室友，说好听了没有七情六欲，说直接了，和石头没什么两样。

夏思盈至今记得八月第一次见梁明月，她拉着行李箱进来，与蹲在地上啃西瓜的夏思盈对视一眼，像越过一团空气，径直进了自己房间。夏思盈被梁明月的美貌震慑，好一会儿才回过神，后知后觉地想，自己貌似被无视了。

那天一直到夜深，梁明月的房门都再没打开过。说是同居，因为不在一个实验室，作息时间也不同，两人极少碰见，夏思盈只能通过门缝里透出的灯光判断她在不在，睡没睡。

长得好看的人自带磁场。刚开始，来她们这儿串门的都格外多些，不过吃闭门羹的次数多了，他们这儿就渐渐变成了最冷清的一间。

慢慢地便有不好听的话传出，说梁明月这不好那不好，性格尤其不好。虽然后半句说的是实话，但还搭了些捕风捉影的流言，就很耐人寻味了。路人但凡问到夏思盈这儿，她一概摇头，怎么都只有两个字："不熟。"

确实不熟。她虽然爱八卦，可做不出无中生有编排室友的事，而且几个月习惯下来，她觉得这样相安无事井水不犯河水挺好的。别的寝室好多看似亲密的塑料姐妹花，背后比这可恶心多了。

偶尔夜间夏思盈在公共区域活动，能听见梁明月在里边打电话的动静，房间隔音很好，她听不清讲了什么，几次好奇得要命，差点去贴墙脚，到底克制住了。

万万没料到，梁明月瞧着不声不响清心寡欲，谈起恋爱来这么惊天动地。若不是亲眼看见两人在楼下吻别，夏思盈是无论如何都不会相信的。

她坐在小客厅的沙发里，看似镇静地喝水，实则心中有惊涛骇浪在翻滚。她直直盯着门口，等着梁明月开门进来，对上她饱含千思万绪、好奇得快爆炸的眼睛。

梁明月的脚步声渐渐近了，她打开门，对上她的目光，朝她点点头，便进了自己房间。

和昨天的石头没什么两样。

夏思盈泄了气。想这姐姐情绪未免也太不外露了。说起来，她无意得知她年龄时，着实吓了一大跳，真是人不可貌相。问题也没见她怎么做管理，有些事真是羡慕不来。

但勇气或许还是可以实名羡慕一下的，换成她的话，真不敢和小七岁的弟弟搞对象。这么一想，她脑海中出现王丛骏的脸，立马开始动摇。人对自己的了解果然还是不够透彻。

活到二十多岁，夏思盈见过很多陷入热恋的女孩。不管是活泼外向的，还是文静内敛的，女孩儿只要沉浸在恋爱中，或多或少总和平时不一样。

顺遂甜蜜的时候周身在冒粉色泡泡，会不自觉地和周围人撒娇，会傻笑，会做很没道理的任性事，好像有人宠爱便有了依仗。糟糕的时候就更没条理了，理智变得不理智，客观变得不客观，一喜一怒，情绪的点滴波动都被无限放大。

她们敏感、张扬、自怜自艾，又底气十足，再稳当低调，也会在不经意间流露一点被爱的马脚。

　　而梁明月则不同，夏思盈出于好奇，悄悄留意，暗暗观察，发现她和从前别无二致，照常上课，照常来往实验室，照常时时刻刻摆着"冰山"脸。唯一的迹象便是外宿频繁。

　　其实有这一点已足够算作如山铁证。夏思盈不知道自己在期待什么，是期待梁明月性情大变多几个笑脸，还是期待梁明月为约会忐忑着装时询问她意见，又或者能拉着她这个室友分享恋爱历程。

　　她遥想着这些温馨的场景，再想想它们发生的可能性……夏思盈叹了口气，得出最贴近现实的结论：可能这就是成年人……不，熟女的恋爱吧。她想着想着有些脸红。

　　王丛骏逐渐发现一件事。

　　梁明月居然从来没有主动联系过他。

　　开始他并不在意，毕竟她一直就是这个作风，他也不介意让她在这上头占点便宜。可有时他电话拨过去居然无人接听，回拨是不可能的。只会在良久之后收到一条语气冷淡的信息："有事吗？"

　　王丛骏第一次被这样对待时，气得要笑了，他将手机丢开，打算好好冷她一冷。

　　冷到过了半月，依旧死一样寂静。

他气得要死，暗骂她是个千年乌龟，耐力惊人还死犟。

而他虽然很不争气地拐去了研究院，都已出现在她眼前，到底心气难平，便故意当她是空气，只在门口与别的女孩说笑。

梁明月看见他，顿了一下，收拾桌面的动作明显变慢了，她拖拖拉拉慢慢吞吞，半天不出来。

终于摆弄停当，见他还堵在前门口，梁明月果断转身朝后门走去。

王丛骏眉峰一皱，脸色立时不好看起来。

面前女生的目光顺着他的聚焦点一望，笑了笑，走了。

王丛骏眼看着梁明月出了门，眼看着她越走越远，越走越慢。

他嘴角露出点笑意，双手抱胸，靠着墙，好整以暇地等着她停住脚，回头，向他的方向走回来。

楼道很长，磨蹭了这么久，旁人早走得一干二净。

梁明月的小方跟踏过地面，嗒、嗒、嗒，她停在他面前。

"去吃什么？"她问。

王丛骏笑了："梁明月，你装傻充愣真是一流。"

梁明月想了想："这段时间有点忙。"

"嗯。"王丛骏等着她的下文，"还有呢？"

他等着她认错，等着她求饶说再不敢了。

"还有什么？"梁明月不以为意，来拉他的手，"走吧。"

为了表示气性，应该甩开比较有排场。但王丛骏还是任她拉住了。他本来是抱了严惩的决心来的，也不知道怎么就淡了一点，可能是她一见到他便挪不动脚的样子取悦了他。

两人往外走。王丛骏还在心底不怎么甘心地盘算，她这么轻描淡写一语揭过的态度太可恨了，坚决不能助长，要想个办法好好治治，不过也不急于一时，想着想着就忘到了九霄云外。

其实有时即便电话接通，梁明月也很能拿乔，推三阻四说不来，好像隔着话筒，他的魅力也减弱到了只剩一丝电波。

只有出现在她面前，她才会乖乖的，二话不说地任他处置。

程文凯说梁明月这是高妙的忽冷忽热擒男术，为他量身打造。

程文凯做西施捧心状："啊，她竟然敢这样对我，好特别哦，本少爷长这么大，还从来没有人敢这样对我呢，这是爱情啊——"

王丛骏一脚将他踹出老远。

他被激起好胜心，一改之前的漫不经心，有意摆出深情款款的模样，不管是热衷的声色场所，还是顶配的私人游戏室，一一带她去遍，听见旁人打趣他收心找到真爱，也只是脉脉含情笑而不语地望着她。在学校示爱就更张扬了，鲜花礼物流水般送到她面前，弄得风风雨雨沸沸扬扬。别说他人议论他被完全俘获，连王丛骏自己都差点相信，梁明月是他此生挚爱了。

架势这么足，梁明月却不接招，只在某日睡前，跟他说了一句："你无不无聊？"

"什么？"王丛骏装傻。

梁明月却闭了眼，不再开口。她靠近他，他很自然地将她收入怀中，两人的肢体语言已无比亲密，一相触便知对方所求。不多时，梁明月的吐息变得均匀绵长，好像一秒就入了梦乡。

王丛骏拨开她垂在脸庞的几缕发丝，拇指抚过她眼底一抹淡淡的青色，知道是这段时间既要赶数据，又被他拉着东奔西跑，累到了，他忽然很心疼，在她额角亲了一亲。

梁明月明明无意识，也在他喉间啄一啄以示回应。

王丛骏笑了，想自己确实够无聊。

一个周末，再加上请了几天假，王丛骏与一众好友一起，跑去西欧疯玩了一圈。

飞机落地是下午三点，王丛骏足足睡够十一小时，正神采奕奕，程文凯要拉他去玩，他义正词严地拒绝："我不去，我家明月肯定想我了。"

程文凯笑出声："是吗？人家短信电话一个未来，你怎么感应到的？"

王丛骏优哉道："你不懂，梁明月就是走这个路线的。"

他快到学校才给她打电话，问她在哪儿。

"在外面吃饭。"梁明月答。

王丛骏有点意外，梁明月一般是不出校门的，他问道："和谁？"

"你在南门等我，我马上回来。"梁明月挂了电话。

王丛骏驶往的方向正好是南门，街道两边林立着许多学生党爱光顾的餐馆，他将手机抛到一边，放慢了车速，目光往两边搜寻。

梁明月很好找，王丛骏在一家湘菜馆的门口看见了她。他停好车，发现她身旁还站了个男生，这不奇怪，奇怪的是两人言笑晏晏，相谈甚欢。王丛骏当即黑了脸，将对方上下一打量，从头到脚都差自己甚远。

他还是很不痛快，除了他，梁明月什么时候让别人接近过？他走过去，大刺刺地往两人面前一站。

梁明月抬头见是他，居然飞速看了该男生一眼，王丛骏心中更火，他把梁明月往怀中一揽，颇带敌意地道："谁啊，不介绍一下？"

男生的眼睛瞪大了，盯住王丛骏搭在梁明月肩上的那只手。

"没什么好介绍的。"梁明月恢复镇定，她对男生说，"好了，你今天就先回去吧。路上小心。"

男生也不多话，好奇的目光在两人间一转，大步走了。

王丛骏质疑地看着梁明月，语气很不好："什么叫'没什么好介绍的'？认识一下都不行？"

"又不交朋友，有什么好认识的。"梁明月拉他的手，"走啦，去车上。"

两人上了车，王丛骏又问："他到底谁啊？"

"我学生。今年刚上大一。"

"哪门子的学生啊？"

"我是他高中老师。教他物理。"

这王丛骏倒是没想到，他还以为是像他一样的半路学生，脸色终于好过一点，还是嘴硬道："那也没必要站这么近，笑这么开心啊，他特意来找你，八成心怀不轨，我还是你学生呢。"

"你只能算小学弟，人家那是喊了我两年老师，我正儿八经看着长大的。"

王丛骏不屑地冷哼："还看着长大，高中生也不小了，该长的早长好了，该知道的也知道了，谁知道脑子里想些什么。"

梁明月逗他："你在说你自己吗？不就比人家大一岁，别搞得好像是两个世界的人。"

所以才不放心啊。这句话王丛骏说不出口。他板着脸："反正以后不准单独见男学生，要带我去。"

"你怕什么？"

"怕你寂寞难耐。"王丛骏没好气，"你跟我好的时候可是一点不手软。"

"你以为人人都跟你一样？"

王丛骏跳了脚："哇，梁明月你什么意思？你当我很好上手吗？"

"我是说，你以为我谁都能看得上啊？"

王丛骏卡了壳，他应该接两句气焰嚣张的话，比如"你就直说你爱我爱得要死"，又或者"既然这么爱我干吗又次次装模作样不找我，死要面子能当饭吃吗"，来灭灭她的威风。而不是目视前方，为这小小的调戏慌了手脚。

梁明月扑哧笑出声："好啦，管别人那么多干吗？我就爱看着你。饿不饿？回家弄东西给你吃？"

两人回去做饭，吃完饭后王丛骏靠在门边，看她收拾碗碟。

收拾完以后，梁明月累得没了筋骨，提不起半点力气了，王丛骏玩着她的手指，精神还相当不错，非要拉着她说话。

"明月，你在哪里教书？我怎么从来不知道你原来是老师。"

"邵城。"

"只教物理吗？教了多久？"

"三四年吧。"

"你本科在雁大读的吗？"

"嗯。"

"那为什么要去邵城教书？你是邵城人？"

"嗯。"梁明月有点不胜其扰，"你还睡不睡啦？"

"我白天睡了很久，"王丛骏亲亲她的眼皮，"你睡吧。"

"不对，先别睡。"王丛骏忽然坐起，去翻自己衣服，"我给你带了东西。"

梁明月只得又睁开眼，单手支着脑袋，看他开灯，摸摸索索一番，掏出一小团链状物体。

"看。"他捏着纤细的银链往下一荡，吊坠晃晃悠悠，落在她手心，触感冰凉，是一块拇指盖大小、不规则的星石，色泽温润，在灯下泛着幽幽的墨绿光芒。

"那天我们千辛万苦，到半夜才终于爬上最高的山峰，大家都说要顺点什么回去。我找了好久，才在一块巨石尖角的凹陷处找到它，背靠松涛，幕天席地，离月亮特别近。明月，你不是有很多条墨绿的裙子？给你配裙子啊。"

梁明月看着手心的小小石头，半天没说话，她低着头，忽然在星石上一吻，又印上他的唇。

"睡吧。"她说。

等到万籁俱寂，身边响起均匀呼声时，梁明月睁开眼。她久不运作的良心隐隐不安，鼓动到近乎失眠。

她回忆这几个月来的种种，怀疑自己是不是对王丛骏有误解，这样是不是对他不公。为什么事情发展到现在，会与她的初衷违背？而且王丛骏追问从前的时候，让她有了危机感。

每一次，每一次王丛骏将她抛在一边，她都以为结束了。过段时间他却又以张扬姿态出现在她生活里，来势更汹汹。而她薄弱的自制力趋近于零，只会双眼一闭，放任自己沉沦。

再继续纠缠下去，王丛骏如果不肯罢休的话，那她该如何收场？

次日晚上，王丛骏拉她出去，她本要拒绝，又想干脆今夜摊牌，便答应了。

她在他们游戏玩闹的场所一向很自我，谁的脸色也不看，想怎样便怎样。众人见她正得宠，也睁只眼闭只眼，不会上赶着来难为她。

这日去的是白宏家一栋掩映在树影中的小别墅，来的人并不多，但白宏这个人疯起来很癫狂，非把大家都拦在一间房里玩游戏。

灯光一暗下，梁明月便从侧门出去，随意推开一扇门，反锁。

她躺在阳台的长椅上，就着星空月色，思索要怎样快刀斩乱麻。

没过多久，头顶传来玻璃门拉合的动静。

又过一阵，程文凯的声音响起，话音中带点调笑又带点怒其不争："小白真是越闹越不像话。要我是乐乐，也非得甩他十次八次不可。"

"我看他活着也就这点乐趣了。"

"阿骏，珊珊非要你联系方式——"

"拉黑删了不就行了。"王丛骏不耐烦道，"真麻烦。"

"阿骏，人家那么活泼可爱一个小姑娘，这么喜欢你，我怎么忍心做这个恶人——"

"你少来，程文凯。"

"瞧瞧这个薄情样，你之前跟人家不是玩得挺开心？"

"什么时候？"

"爬山啊。"

"路上无聊，解闷而已。"

梁明月没听几句，已明白了前因后果，她笑一笑，果然人人都是多面体。她还从来没听王丛骏用这么恶劣的语气说过话。

楼上两人又说到她身上。

程文凯："梁明月压根也不爱在这种地方待，怎么又跟你出来了？"

"舍不得离开我吧。"

程文凯："你讲这话不亏心吗？"

　　"不亏啊。"王丛骏坦荡荡，"你不懂，我们俩私下相处，她跟平时不一样。你根本看不到。"

　　程文凯不置可否，他问："那你呢，你当初说不必认真，这都多久了还撒不开手啊？"

　　"程文凯，你是不是整天就盼着我情路不顺？"

　　"我是盼你稍微做点人，别耽误人家太久，梁明月都奔三了，你差不多就行了。"

　　"你急什么？"

　　"也没看出她图你点什么，不懂梁明月为什么这么跟你耗。"

　　"告诉你是因为爱。"

　　"嗯，因为爱。小心她吃定你，忽然有天带个小孩来叫你爸爸，你就叫天不应叫地不灵了。"

　　王丛骏想象一下那个画面，不知道是因为太离奇还是太荒唐，他居然笑了，说："那很拉风啊。你还白捡个侄子，不开心吗？"

　　程文凯也笑了，悠悠道："要真事到临头，我看你是不是还美滋滋。"

　　王丛骏叹了口气："你当我是弱智？就这么栽了？"

　　"你记不记得第一次看见梁明月，我说你肯定喜欢，你说什么来着？"

"不记得了。"

"少装蒜，"程文凯凑近他，"怎么样，哥哥是不是很了解你？"

"一般吧。"王丛骏不肯承认，"梁明月这个人，不用烦不用哄，省事得很。不过谁知道呢，说不准哪天就腻了。"

听完这句，梁明月离开了阳台。

她的困扰消失了。

元旦期间周琪儿来雁城找梁明月，通话时王丛骏恰好在边上，他装作没有听见，却在她前脚出门后，换身衣服跟了上去。

他实在好奇，想知道梁明月唯一的朋友是个什么人物。

周琪儿此人，上大学之前，在她家那方圆百里，确实是个人物。

她是周父周母的老来女兼独生女，自小受尽宠爱，又将周父的狂暴脾气学了个十足十。小时候娇蛮任性讨人嫌，是个决不准任何小孩踏进自己家门分走父母目光的小霸王。中学又恨不得与父母反目成仇，逃课上网谈恋爱，怎么叛逆怎么来。

而周家父母的管教，永远伴随着打骂，什么趁手用什么，丝毫不顾及邻里目光。从街头打到街尾是常事，恶性循环，双方关系一日差过一日。

天下无不是之父母，于是周琪儿活了多少年，就当了多少年教育界的反面典型。

后来她几经波折，进了邵城一中，在陌生的环境里毫不收敛，和年级里各色男孩游戏打闹，在被劝退的边缘认识了彼时同样叛逆上天的梁明月。

同样的叛逆出格，梁明月因为拔群的成绩，总能叫学校网开一面。

在周琪儿十六岁的中二（初中二年级）脑壳里，梁明月浑身上下都透着一股酷劲儿，后来又发生了几件事，她被彻底收服，怀着滔滔的仰慕之情，她开始了漫长的结交之路。

结果是苦心人天不负，她甚至被梁学霸带着考上一所二本院校，与父母也趋于和解。只不过大学期间她去做了模特，毕业又不肯回来考公务员，叫周父大失所望，周母破口大骂。

几年过去，周父失望透顶，已不再跟她多话，她也很少回邵城，连梁明月都见得少了。

得知梁明月重返雁城读研，周琪儿开心不已，逢假便飞了过来。

几年过去，雁城早就物是人非，许多她们从前常去的店已不复存在。她挑了一家口碑不错的火锅店，等候好友大驾。

梁明月款款走向她时，光阴仿佛停驻。

不管是初见那年夏天，还是高考后惬意愉悦的夏天，又或者是最后那个不敢回看的夏天。

永远是这样一张脸，这样一双眉眼。

"宝贝儿真好看。"她痴痴地盯着梁明月。

梁明月的目光在她浅紫短发、精致妆容上一落，回夸道："这颜色挺适合你。"

"什么颜色都能衬托我。"

梁明月："你或许记得高三暑假……"

"不记得。"周琪儿赶紧打断她。

两人对坐着又聊了会儿，碗碟渐渐上齐，周琪儿殷勤地为她服务，配调料、烫小食，梁明月袖手旁观，单刀直入地问："说吧，有什么要求我呀？"

周琪儿嘿嘿笑着，正欲开口，抬眼看见屏风旁转出来一俊朗男子，她的话吞了回去，太过震惊的缘故，还差点咬到了舌头。

梁明月回头，看清来人，立马冲她做了口型："别问。"

周琪儿胸中惊骇还未平复，王丛骏已在梁明月身旁坐下，冲她抱怨："见朋友为什么不叫我？"

"少来。"梁明月语气不算好。

王丛骏毫不介意，他跟周琪儿做自我介绍："你好，我叫王丛骏。"一笑嘴角有个浅浅括号，"姐姐干吗这么直勾勾地看着我？"

周琪儿也笑，眼角带电："姐姐我做模特经纪的，一看见帅哥就移不开眼，职业病，没办法，弟弟底子这么好，有没有兴趣入行啊？"

"赚得多吗？"

"肯下功夫自然就赚得多。"

"还是算了。抛头露面的。我怕我女朋友不答应。"王丛骏转向梁明月，"是吧，明月？"

梁明月专心吃东西，压根不搭话。

接下来的饭桌，就成了王丛骏和周琪儿的舞台。两个从未谋面的人，因为某款风靡的游戏忽然聊开，明明横跨着几年代沟，玩过的游戏居然有极高的重合率。

不过也可以理解，毕竟曾经的周琪儿，人生里就只有网吧和游戏。而王丛骏作为一个资深网游爱好者，自然是不甘落后的。

数十分钟后，门口又进来一群熟人，梁明月的熟人，导师罗教授和室友夏思盈都在里边，看样子是系里聚餐。

整个雁城梁明月认识的人好像都聚在了这个小小的火锅店里。

又过了一阵，夏思盈走到她面前，轻声说："罗教授让你过去一下。"她对这个传话的任务有点为难，但小喽啰是没什么话语权的。幸而梁明月没说什么，搁下筷子就跟她走了。她好像也不是很想待在这一桌。

梁明月走之前给周琪儿留了个警告的眼神。

周琪儿完全明白她的意思。她又不是个傻子，会不清楚什么能说什么不能说。

只是她受周父影响，性格里多少带了点义气的成分，方才与王丛骏尽兴聊过一场，已经有点将他看作朋友，再加上提前给他做的预设，她心里难免有些同情他。

而且王丛骏问的只是："梁明月读高中的时候是什么样啊？"

毫无风险，完全可以回答。

"她一直就这样。不跟人说话，不参加活动，作业只肯挑着写，周末自习说翘就翘，一消失就是好几天。这是比较收敛的高一，高二……"周琪儿住了嘴。

"那你们怎么成的朋友？"

"真心换真心咯。"

王丛骏话锋忽然一转："她有男朋友吗？"

"因为男生她受了很多排挤。"周琪儿圆滑地回答。又忍不住想笑，"不过对明月来说，排挤不排挤的，都是浮云，说她排挤其他人还差不多，还斤斤计较有仇必报。有一次，同年级一个女生脑子有问题，故意在排队领书的时候往她身上洒水，你说幼不幼稚？梁明月转头就抄起旁边绿化带的水管，追着人家狂喷，谁拦都不放，非把人家浇得上上下下全湿透。大家都看傻了，那女生自己也傻了，去拦的时候已经晚了。后来我才知道，梁明月从小到大就是个暴力分子，小学因为同班同学撕了外公给她包的书皮，把人家摁在地上暴打了一顿，中学更嚣张了，单枪匹马去高年级警告学姐离自己朋友远一点。"

"什么朋友？"

"吴……我也不清楚。"周琪儿硬生生把话音拐了个弯，她出了点冷汗，"很多朋友吧，其实只要她愿意，人缘相当好，在砚山那是呼风唤雨的大姐大。"

"砚山是哪里？"

"邵城下面一个小城镇。"

"你去过吗？"

"当然去过啊。"

"真好，"王丛骏撇嘴，看着有点委屈，"明月从来不跟我说这些。我还是前几天才知道她是老师，然后发现我作为男友，对她居然一无所知。而且我一问她就敷衍，可能在她心中我根本不重要吧。"

周琪儿没法儿接话，她心里针扎一样不自在，只能徒劳地劝慰："怎么会，明月比较慢热，时间久一点就好了。"

"真的吗？"王丛骏睁着他小鹿一样的眼睛，"姐姐你是这么想的吗？其实说出来不怕你笑话，我觉得明月对我忽冷忽热的，像逗小孩儿一样，我好怕她离开我。"

"感情的事随缘吧。"周琪儿坐不住了，"我先去上个厕所。"

她逃荒一般离开，王丛骏也收了痴呆神色，他若有所思地敲着桌面，眼神不知望向哪里。

周琪儿拉梁明月到无人的楼梯间。

她在方寸大小的空间里踱来踱去，克制了一晚上的情绪濒临崩溃边缘，她勉强压制着声音，对好友发出一连串惊叹："我的天啊，绝了，你真的绝了，梁明月，我的妈呀，你这——你到底怎么想的？"

梁明月："我什么都没想。"

周琪儿要疯了："我真的，我拜托你好好想一想。你怎么能什么都不想？你这么做……这么做也太过任性了！"她压低音量，"万一东窗事发……你怎么能……"

"我为什么不能？"梁明月打断她，眼神不再是冷澈的山泉水，仿佛燃了两簇火焰，"我做什么了？他什么都不知道。他自己愿意的！男欢女爱，他丢什么了？一段随时可以结束的关系而已，你别想得太严重了。"

看她这样，周琪儿心都塌陷了一块，她服软道："好了好了好了，我不说了，我只是……我怕王丛骏万一知道……我都不敢想，太惨了。他以后可怎么……"

梁明月："你是不是被他骗了？你以为他用情多深？我对他来说，也不过是个暂时舍不得丢弃的玩具而已。"

"啊？"

"周琪儿，你在大染缸里都摸爬滚打多久了？怎么没一点长进？"

周琪儿嘴硬："我不信。我就觉得他看上去离不开你，这么一个纯情少男……"不顾梁明月的冷笑，她坚持说完，"你这么伤害他，良心不会痛吗？"

"我为什么要痛？"梁明月唯我独尊的残忍劲儿又出来了，她冷冷地说，"况且他也不是什么纯情少男。"

"……可怕。"周琪儿问起另一件关心的事，"你就不会有喊漏嘴的时候吗？"

"谁会那么笨啊？"

周日晚上，王丛骏将梁明月送回西苑。

一路上都很安静，他将车停至路旁，陪她走到楼下。

西苑这边位置稍偏，树木都格外高大些，路灯高高地支在其间，柔和的光线经巨大的树冠一滤，明明暗暗的，不那么分明。

王丛骏在她转身欲走时勾住她手指："你不请我上去

坐坐？"

"上面太小，你待不惯的。"

"有多小？两个人都站不下？"

"有室友，不方便。"

"怎么会？我听说你们是套间。"

"很晚了。你留下来影响不好。"梁明月踮脚，安慰似的在他唇上一吻，"回去吧。"

王丛骏勾住她的腰，好好亲了一通才放开，他玩笑道："这么不想我上去啊？房间里有秘密？你是不是偷偷藏了别的男人？"

"少说点胡话。"梁明月拍拍他的脸蛋，将他一推，"拜拜。"

王丛骏坐在车上，看着梁明月上了楼，又看着右边某间房的灯光亮起。

他发动车子，食指在方向盘上敲了一阵，熄了火，又走了回去。

夏思盈出来倒水喝，听见敲门声，她过去打开，"啊——"了一声，显然很意外。

"你好。"

"你好。"夏思盈有点局促，她揪揪自己的小兔子睡衣，扭头看一眼水声潺潺的浴室，"她在洗澡。"

王丛骏朝她笑："姐姐，我可以进来吗？"

"可以可以。"夏思盈放他进来，张嘴要跟梁明月说一声，却见王丛骏竖了根手指在嘴边，"嘘……"他说，"我想给她个惊喜。"

"哦哦……"夏思盈明白过来，"那——"

王丛骏手插在兜里，往四处一打量："没事，姐姐先进去吧。"

夏思盈进了房间，还有点晕晕乎乎。

王丛骏站在门边，屋内景象一眼就收了底。

靠墙边一张单人床，一张小几，对着摆满了书籍的长桌、小书架，以及衣柜。

墙面干净简单，没有一丝装饰，连床具都是浅灰的条纹，整个屋内唯一带点色彩的，估计就是学校自配的印花窗帘。

王丛骏往里走，几步就到了窗边，他掀开帘子一看，发现窗后有个小阳台，他走出去，在黑夜中站了几秒钟，又进屋来，想了想，躲在衣柜的阴影处。

梁明月擦着头发进来，正欲拿吹风机，手机在包里振动起来。她摸出来接通，开了扩音，靠书立在桌面上："喂？潇潇？"

"妈妈。"电话那头是个沉静的男童音，"妈妈。你回家了吗？"

"嗯。"梁明月将椅子拉开坐下，长发垂在椅背外。她缓缓地擦着头皮，神态颇为放松，"潇潇睡觉了吗？"

"就要睡了。"潇潇乖乖回答，"妈妈，我跟你说，老师今天表扬我了哦。"

"潇潇做了什么呀？"

"今天老师问我们树叶的边缘摸上去像什么，我说像小男孩刚剪的头，老师夸我观察生活很仔细。"

"嗯，很形象啊，潇潇说得真好。"

"妈妈，你什么时候回来呀，我们都好想你哦。"

梁明月忍俊不禁："有多想啊？"

"这么多。"潇潇把怀抱张得大大的，比画他心中的爱意，"这么这么多。妈妈，我每天每天都想你。"

"妈妈也好想潇潇。"

潇潇难得撒娇："那妈妈到底什么时候回来呀？"

梁明月便沉默了，吴靖文忽然出现在潇潇身后，接过了手机，"明月，"他说，"你不问问我，我也很想你。"

"是吗？"

"是啊。不止我一个，今天买菜碰到秦老师，她又跟我抱怨，说不知道你好好地教着书，为什么又非要去读个没用的研究生，连潇潇都不管了，也太不晓事了。"

梁明月轻声笑了，正要说什么，忽然听到一旁有动静，她扭头一看，王丛骏从衣柜的侧面走了出来，她惊得站起，看看门又看看他身后，眉头紧皱。

"怎么了？"吴靖文好似察觉她的异样。

"没事。"她看着面寒如霜的王丛骏向她步步紧逼，镇定道，"有只鸟飞了进来。今天先这样，下次聊。"

她挂断视频："你没走？你怎么进来的？"

"你结婚了？"王丛骏紧紧盯着她，字音像从牙缝里挤出。

梁明月不说话，她只是看着他，不躲闪，也并不显得慌乱。

王丛骏吼道："说啊！"

"是。"梁明月平静地回答，"我结婚了。有小孩，四岁。你还想知道什么？"她想起洗澡时隐约听见的走动声，"夏思盈让你进来的？"

王丛骏脑袋里嗡嗡响着，就像一个炮弹炸在耳边，硝烟弥漫，余音不绝。他太受冲击了。天知道他听见梁明月母子对话时有多震惊，多不可置信。

更何况她此刻亲口承认。

他是来——他本来以为，梁明月即便有事瞒他，最多也就一点不为外人道的过去，比如有个什么难忘的前男友……

万万没想到……

王丛骏恼恨之余，心像被挖出来丢入一个不见底的深渊，他此生没有过这么丢人的事情，对梁明月恨到骨子里："你觉得这些都不算什么？梁明月，你可真让我刮目相看。你老公知道你在外面勾引男人吗？"

梁明月冷眼看他："我们俩的事，不要扯上别人。"

"哈！"

"你有必要这样？我骗过你什么吗？"

王丛骏："你没骗我吗？"

"你从来没有问过我。"

"没问过……"王丛骏荒谬一笑，"这种事，没问过就可以不说？"

"为什么要说？我的事跟你有什么关系？王丛骏，我结没结婚重要吗？我没有约束你，你是不是管得太宽了？"

王丛骏咬着牙，压下心头涌上的怒意："梁明月，你到底拿我当什么？"

梁明月有点不耐烦了："你今晚要不这么多事，说不定哪天就好聚好散。别装得好像受害者，你对那些珊珊之类的女孩，跟这也差不多恶劣。大家都是一样的人，没什么好指摘的。"

"那天在白宏家，你果然在楼下。"

"所以你该知道很多废话不必说了。"

王丛骏站在原地沉默，梁明月第一次在他面前表露尖锐，他心脏某处已被扎到麻木。

既为"原来她是这么想"，又因为某些委屈与不甘，他一点一点地恢复面无表情，在心底将梁明月贬进尘埃，这样双方才对等，这样他才不会输。

"好。"他点点头，"算我倒霉。梁明月，你够狠，我祝你生活不幸，永失所爱。"

第二章

梁明月是一个在山中长大的小孩。

　　她从小只有外公，吴靖文从小只有奶奶，两家比邻而居，从她有记忆起，便一直和吴靖文待在一块儿。

　　早起各搬一张小板凳，坐在门前等着大人喂饭。吴靖文总是很乖，张大小嘴接一口嚼一口，喂起来特别轻松。而她差不多垫了肚子，就开始满院子疯跑。外公追得心力交瘁，吴奶奶就哄她："月月啊，别玩啦，来和文文比赛看谁先吃完啊——"

　　稍大一些了，外公给他们打了张长书桌，教他们识字数数，她照旧坐不住，糊涂一起便拉着吴靖文跑去山里。

　　山里可真好玩啊。

　　春天有草长莺飞，有开满田旷的野花，有长在荆棘里清甜的鲜红小果。夏天有翠皮青蛙，有她掌心那么大的田螺，还有滑不溜手的泥鳅。外公每次见她泥巴满身地回来，都要笑骂"黑皮鬼"。

　　秋天是最热烈的季节，金黄的落叶铺满林间，她和吴靖文，一人挎个小竹篮，去捡因为成熟而掉落在地的野板栗、野核桃。硕果是老树对山的回馈，转悠一阵，他们便能满载而归。

再看着外公将刺球一样的板栗丢进炉火，听它呲呲燃烧而后甜香爆开。才刚被夹出来，她便伸手去抓，被烫得哇哇叫后学聪明了，知道要先用脚将蒜瓣大小的果实一一挤出，再慢慢剥开。

一般她要做傻事时，外公是不会拦着的，他喜欢看她撞南墙，喜欢看她受挫后皱着小脸找出路的样子。

后来到了上学的年纪，她和吴靖文成了班上最常受表扬的小朋友。

因为生字都认识，算术都会做。老师偏心她，同学崇拜她，外公三不五时给她点小奖励，生活十分舒心美好。

只有一点不如意。

有一个女人，年头或年尾，会开一辆小车，到她家来那么一两次，送来很多东西。

吴奶奶说那是她的妈妈，她不这么认为，她已经读过很多书，明白很多事，她不觉得妈妈的形象是这样的。

于是那女人一来，她便溜出去呼朋引伴找乐子，不见到那辆车子离去不会回家。

两人几乎没有照过面，她甚至不知道对方是扁是方，长什么样子。

有时候吴奶奶会摸着她的小脑袋叹气，她觉得莫名其妙。在她心里，她和吴靖文是世界上最幸运的小孩，自由自在，无忧无虑，真的不是很缺一个让她不自在的妈妈。她宁愿没有。

　　等她到砚山中学读初中，这个看不见摸不着的妈妈给她带来了更大的困扰。

　　中学科目增多，她门门优异，答问积极，再加上身体抽条，日渐白皙的皮肤和姣好的五官，在校园里十分出挑。

　　很快有高年级的男女生在他们教室门外张望。梁明月该懂的都懂，知道男生是冲自己而来，那女生呢？她顺着她们指指点点的方向一看，哇，竟然是吴靖文。

　　吴靖文好像也在眨眼间长成了一个高瘦的男孩，他的肤色偏深，单眼皮，高鼻薄唇，相当耐看。

　　砚山中学的初二年级，有一个臭名昭著、几乎被放弃的班级。那儿的男生以在暗处捉弄人为乐，以被老师训斥为豪，女生们衣着大胆，厚厚的刘海盖过眼睛，整日和男生追逐调笑。

　　他们上课坐在教室叽叽喳喳打闹不休，惹得老师疾言厉色了，便抱胸看着，嘴角带笑，好像挺了不起似的。到了下课，便欢呼着去其他教室玩闹。

　　有三五个格外大胆的女生，还会在楼梯上拦住顺眼的男生不让走，说一些自认为有意思的话，做一些自认为迷人的动作。

用梁明月班主任的话说，已经寡廉鲜耻无可救药。

若不是亲眼看见，梁明月并不知道吴靖文在经历着这么恶劣的纠缠。

她年纪虽小，审美却很好，打心眼里看不上这群打着叛逆旗号虚度光阴的"垃圾"。

她的厌恶摆在脸上，对敢拦在面前的男生不光不假辞色，还要将人从头到脚贬损一通。男生们本想调戏娇软小学妹，哪里想到她这样刻薄毒舌，一下灰头土脸颜面尽失，又可能还残留了一点自尊在，多碰几次壁便渐渐不往她跟前凑。

女生就过火太多了。

那天中午，吴靖文和同学清扫完公共区的卫生，因为又去倒了一次垃圾，便落在最后上楼。

走到二楼至三楼的台阶处，被等在那儿守株待兔的几个女生给团团围住。

吴靖文不是第一次陷入这种状况，他要往哪儿走，这个圈便往哪儿移动，一个女生指指自己的脸颊："你亲姐姐一下就放你走。"

吴靖文置若罔闻，他要推开拦在面前的女生，她却把鼓起的胸往他手上凑，他便不动了，女生们笑起来，好像打了什么胜仗。

"别急嘛，在这里有什么意思？"他面前的女生说，"要不要跟姐姐去小树林？"

吴靖文看了一眼栏杆，思考撑着跳下去的可能性。

十四五岁的少女，摆出媚俗而夸张的表情，你一言我一语地接着污言秽语，自觉好像挺成熟挺有魅力。听在吴靖文耳朵里就像是过堂风，什么都留不下。他看见楼道上方出现梁明月的身影，面上闪过一丝如释重负，又闪过一丝窘迫。

梁明月气冲冲地来"美救英雄"了。

她还在楼梯口就听见了下面的动静，第一次对什么叫"寡廉鲜耻"有了直观认识。

她是真没想到，相较男生而言，女生们说起话来这么脏，这么无所顾忌。

她一上去就动了手，占据高地又先发制人的缘故，有两个女生被她踹得滚下楼梯了，众人才反应过来。

梁明月拉过吴靖文，极小声地叮嘱："去叫老师。说她们打我。"

吴靖文飞速跑了。

梁明月陷入缠斗，她拽对方的头发，将手伸入极低的裙底拧大腿，再在她们方才嗲声让人摸的胸上送上几记老拳。女生们因为吃痛嗷嗷叫，哪里经得起这样的黑招，一下就失去了战斗力。

差不多过了瘾，梁明月抱头倒在地上。

最后，那几个女生因为聚众斗殴被通报批评，学校已经很久没有打架事件，领导气不过，又一一通知家长，勒令带回家反省。

梁明月全身而退，是完美且合理的受害人。她打眼又张扬，招不良女生嫉恨再正常不过。

只是这些女生再次返校后，学校多了许多关于梁明月的流言。

说她妈妈在城里勾引有妇之夫，给人家做了十多年的情妇，说她是一个不被承认的私生女。还说她的情妇妈妈做了伤天害理的事情，没脸回砚山，所以从不回来看她。

这些字眼隐秘而羞耻，仿佛饱含巨大的信息量，又是放在无人不识的梁明月身上，可信度就更高了。

虽然这其中，并没有什么必然的逻辑联系。

总之，大家一致认为她很漂亮，连带着默认她妈妈也很漂亮，那漂亮的人确实是有可能去做"狐狸精"。

梁明月缺失了十多年的父母，成了她被人背后指指戳戳的原罪。

不过她本人依旧我行我素，完全不往心里去，像在听别人的故事。

在她眼里，她就是她，外公就是外公，再加上吴靖文和吴奶奶，就是她的全世界。

情妇又怎样？私生女又怎样？关她什么事？又关别人什么事？

慢慢地，看热闹的群众也发现这事没多大意思，再怎么说来说去，梁明月不还那么好看，成绩不还那么好？还挺仗义，挺乐于助人，是个发光的好同学。

另一些好弄是非的再想揪着不放，众人早已兴趣寥寥，甚至兴奋褪去，开始质疑起真实性。

梁明月平和的生活，在中学毕业后的暑假被打破。

那天，她从午睡中醒来，房前屋后静悄悄的，只有头顶的吊扇在呼啦啦地转。她坐着发了会儿呆，趿拉着拖鞋，出去找水喝。

刚踏出房门，她便扶在门边不动了。

她家的藤椅上，坐了两个陌生人。

一个穿着休闲Polo衫的男人，和一个穿长裙很漂亮的女人。

梁明月转头，疑惑地看向外公。

外公在一旁卷烟，脚边大大小小摆了许多礼盒。

梁明月好像明白了什么，又去看那两人的脸，男人在她的注视中站起身来，一笑，那双和她几乎一模一样的眼睛便弯起来。

"你好。"他说，"明月，初次见面。我是你的爸爸。沈继华。"

梁薇也站起来："梁明月，好久不见。"

梁明月给自己倒了水，在外公身边的藤椅坐下。

她心头挂了好几个问号，不知道他们莫名来认亲所图为何，于是只是点点头："你们好，有事吗？"

已经是送客的语气了。

沈继华和梁薇对视一眼。

"是这样。"沈继华柔和道，"明月，你马上要升高中，当然——我知道你早已被县一中录取，只不过比较起来，邵城一中的师资要稍好一些。我已经联系过校方，他们两周后会有新生夏令营，你不如今天就跟我们一块儿回邵城，也好早一点适应。"

梁明月耐心听完，才道："不必了。我不想去。"

沈继华一笑，她的拒绝在他预想之中，他接着说："好吧，明月。那我实话实说，其实这只是一个借口。我们今天来，主要是想将你带回邵城，和我们一起生活。"

"那你别想了。"梁明月干脆道，"两个不知道从哪里冒出来的人，就因为自称是我的爸妈，我就要跟着走吗？我和外公两个人挺好，不缺什么父母。你们不用废话了，以后记得来孝敬孝敬老人就算有良心。还想白捡个女儿，哪有这么便宜的事？"

这么没大没小，梁薇终于被激怒："谁教你这么说话的？"

"哟，"梁明月冷笑，"要家长威风啦，这位女士，我可没什么义务要听你'这么说话'。"

沈继华沉默一阵，才道："我知道你心里怨我们……"

这梁明月就听不下去了，她打断他："不好意思，先生，少给自己脸上贴金，今天你们出现在这间屋子之前，我可没花时间想过你们，怨？谈不上。"

她叫他先生，把他当陌生人嘲讽，笑他们为人父母的自作多情。沈继华苦笑一声，抬头看着梁明月，眼中流露出的某种东西让人不自觉地屏息，他的声音终于有了一点点波澜："是吗？那我和你不一样。"

"我从知道你的存在起，几乎每一分每一秒都在想你。想你多高，长什么样子。想我有一个素未谋面的，在山野里长大的女儿，想她从小无父无母，会不会孤独，想我这十多年为什么这么蠢，要错过你的成长。"说到后面，他语音发颤，"明月，我连弥补的资格都没有吗？"

从没有人这样对她说过话，用这样伤感又希冀的语气，好像于他来说，她是无双珍宝。

梁明月抿唇，她很不习惯，一下不知该作何反应，但她听出其中奇怪的地方，她去看梁薇，梁薇早已偏过脑袋。她又去看外公，外公点着他的卷烟，低着头，缓慢而无声地吸着。

梁明月问："你们是夫妻吗？"

她注意到梁薇瞬间僵硬的侧脸，注意到沈继华闭了一下眼。

"是。"沈继华回答。

"不要撒谎。"

"我们是夫妻。"沈继华语气坚定，"你要来邵城看我们的结婚证吗？"

"不用了。"梁明月一摆手，"我再重申一遍，我不会和你们去邵城。"

沈继华："能听听你的理由吗？"

梁明月："你为什么要弥补我？"

"你是我沈继华的女儿，理应过最好的生活。"

"真是傲慢。"梁明月听笑了，"你知不知道你这么说，是对外公和我的冒犯。生活方式凭什么要以你的标准定高下？我过得开心不就行了。"

沈继华也笑了："明月，我想你可能误会了一点。我很尊重也很感激梁叔。但你之后三年即便是去县一中，也不能和外公住在一起，不是吗？那为什么不让我们来照顾你？"

这种一厢情愿的论调梁明月听得很烦，她实在是懒得应付了，但她也不想表现得好像跟父母怄气的中二少女，于是换了个角度问："总之，你是想让我开心，是吗？"

"是。"

"那你就该尊重我的意愿，而不是为了让自己好过，让自己尽到抚养的义务，把我绑在身边，不是吗？不管在你的嘴里，把我说得多么重要，我们毕竟是第一天见面的陌生人。你是不是也要稍微想一下，我会不会习惯，会不会自在？还是说，我的感受其实并不重要？"

沈继华："过一段时间就会熟悉的。"

"可是我不愿意。我觉得非常尴尬，我为什么要面对这些？"

"你没有选择。"梁薇强硬道。

"是吗？"梁明月挑眉道，"那我就很好奇了，你打算怎样让我'没有选择'？"

沈继华："你妈妈的意思是，你总是要回沈家的。"

"试试看。"

一句句话将梁明月越推越远，沈继华又一次沉默了。

"你们先回去吧。"全程一言不发的外公终于开口。

两人坐着不动，外公又重复一遍，用毋庸置疑的语气："回去吧。"

之后几天，梁明月照旧吃吃喝喝玩玩，外公也对这个午后只字不提，好像从未发生过。

只在某个星月高悬的晚上，将她叫到身边。

梁明月心里很清楚，事情远远没有结束。

两人晃着摇椅，摇着蒲扇，她等着外公的开场白。

"明月，外公有没有说过，你原来有一个舅舅。"

梁明月摇摇头，外公从未说起过，但她知道，知道自己有个舅舅早早逝去。

"他叫梁杰。比你妈妈只小一岁，两个人从小一起长大，跟你和靖文一样，感情很好。你妈妈成年之后，我开了家做预制板的小厂，让她去城里建材城盘一家店面，她聪明果断，把生意经营得很好。但那时邵城治安不算好，有些小混混看只有她一个女孩子，就来店里找麻烦。正好沈继华路过，帮忙解了围。两个人就这么认识了。你妈妈很喜欢他，每次回家，嘴边都挂着他的名字。"

"再过一段时间，梁杰高中毕业，收到大学录取通知书后没几天，触电死了。"

说到这里，外公停了一阵，梁明月早已坐了起来，她看着外公紧闭的眼、颤动的唇，靠过去握住他垂下来的手。

外公用了点力气回握，才接着说："当时只有你外婆在家。她在后院给菜地浇水，浇完回来，看见倒在地上、浑身乌青的梁杰，整个人都吓瘫了。好好的一个家，一眨眼就垮了。你外婆每天以泪洗面。她很自责，总觉得那天梁杰叫了她，她没有听见，是她害了儿子。而我遭此剧痛，夜夜酗酒，浑浑噩噩，再无法振作。"

"你妈妈回来，总是肿着核桃大的一双眼，家中一片愁云惨雾，慢慢地，她话越来越少，再慢慢地，她不回来了。"

"你出生那年，砚山……整个邵城日日暴雨，连着下了一个多月，河水眼见着漫过堤岸，淹没田屋，砚山位置高，不是洪水的重灾区，可是你外婆失足落河，被冲走了。"

"你妈妈提着行李箱，在外婆的坟前哐哐磕了几十个头，就在砚山住下了。住着住着，她的肚子一天天大起来，却只字不提父亲是谁，我这才突然意识到对她的忽视，问起沈继华，她只答一句'他已有妻女'，便怎么都不肯再说。生下你还不足月，你妈妈再一次不告而别。"

"我手忙脚乱地照顾你，再无闲心想闲事。你一点点长大，聪敏又有活力，给屋里带来了欢笑，也让外公重新有了力量。明月，我想你妈妈故意将你留在这里，其实是怕我突然离开，怕这世上只有她孤身一人。"

梁明月愣住了，她问："你会吗？"

外公将另一只手也覆在她的手背，宽厚又粗糙："不重要了。明月，这些过去的事，错错对对，与你并没有关系。但你的妈妈……她这些年其实很苦，外公作为父亲，在她最难的时候，做得并不好。现在她守到了想要的云开雾散，想要接近你，你应该给他们机会。"

"我不去。"梁明月摇头，"我不想。"

梁明月不是个感情丰沛的人，听了这么多，只格外心疼外公，所爱的人一一离去，她更加要陪在他身边，帮他驱散陈年的阴霾。

"沈继华说得没有错，两所中学没有区别，你却能得到更好的照顾。你妈妈瞒他那么多年，现在既然没瞒住，他就不会由着你单方面了断。明月，你自己想一想，你执意不去邵城，他就不会再来找你了吗？你有办法让他找不到你吗？"

梁明月想了想，有点泄气。

"没有。"她老实答。

"而且，外公也不希望你身后跟着这团阴影。与其一直逃避，不如去和他们相处看看。沈继华不是洪水猛兽，你妈妈更不是，真的没办法接纳，三年也很快，一眨眼就过去了。"

"是考上大学，我就自由了吗？"

"你长到足够强大，就能真正自由。"

梁明月不说话了，她想到外公初次剖白却隐痛连骨的过去，隐隐有了一丝不安："外公，你陪我好不好？"

"外公老了，已经离不开砚山了。"外公慢慢道，"明月，你在那边，读书要用功。"

"哦。"

"还有，不要欺负同学。"

"……哦。"

吴靖文听她说完，安静了好一会儿。

"所以，"他低着头，踢开脚边的小石子，"你要去邵城一中读书。"

"嗯。"

梁明月站在不远的灌木丛旁，跳起来抽打荆棘，木条挥过有呼呼的风声，落在荆条上，很响亮的一声"啪"。

"我觉得外公说得对。我说多少个'不'是没有用的，我应该迎难而上。大家和和气气地相处一段，了解一下，他们才会明白，我除了血缘里有一点他的贡献，和他完全没有任何关系，大家根本没有必要凑在一堆。这样才能永绝后患。"

"那万一——"

"什么？"

"没什么，"吴靖文也站起来，"市一中好考吗？"

"喊，"梁明月不屑地一笑，"能难到哪里去，咱们俩，闭着眼睛都能进。"

她把木条一丢："去不去抓黄鳝？"

梁明月初到沈家，便被沈姿亭守着落了个下马威。

她在来的路上已经听沈继华介绍过这个仅仅大她四月的"姐姐"，他说得很委婉："亭亭以前很可爱听话，小女孩娇是娇了一点，也不算什么毛病，不过我和她妈妈离婚后，她心情不好，又是青春期，偶尔会在家里发发脾气，你别跟她计较。"

"那我一去，她岂不是更不开心？"

"我已经和她谈过，不用担心。"

"你何苦呢？"梁明月不解，"好好的女儿，你非要给人家添堵。"

沈继华平稳道："一家人自然要在一起。"

"那怎么没听你说要把我外公接来？"

"老人家住不习惯的。"

"你认识梁薇的时候，已经有老婆了吗？"

"……"

"出轨是什么感觉？你还有没有其他情人？或许你有没有想过，你可能还有别的私生子？要不要也接回来？"

沈继华轻咳一声，他有点招架不住："别乱想，只有你妈妈一个。"

"到了。"司机将车拐入大门。

沈姿亭等在门边。

"你好。"她大大方方地向梁明月伸出手。

梁明月手刚抬起，她立马缩了回去，笑着说："哦，我差点忘了，你是乡下来的，手上说不定还有泥巴，还是不要握了。"她去看她的脚，"脚上也有吧，要不要先去洗洗？如果洗不干净，让张妈拿刷子给你。不好意思啊，我对脏的东西过敏。"

梁明月脚一抬，鞋子脱脚，好巧不巧砸在沈姿亭的肚子上，浅粉的衣服立马印了灰。

她往后退一大步，脸色难看，梁明月抢先开口道："不好意思啊，鞋有点大。"

"你神经病啊！"沈姿亭将她的鞋狠狠踢回去。梁明月侧身避让，鞋便掉在了沈继华面前。他落在最后，此时才出现在门口。

"堵在这做什么？"他没事人一样问。

"哼！"沈姿亭气冲冲地上楼换衣服去了。

饭桌上，沈继华突然宣布了一件事，说等梁明月从夏令营回来，要和梁薇补办婚礼。

沈姿亭撇嘴："随便办，我不会去。"

"这不是和你讨论。你必须去。"沈继华神情严肃。

"我要上钢琴课。"

"推迟，要么放在晚上。"

"晚上有舞蹈课。"

"那就推迟。"

沈姿亭将目光转向梁明月："她为什么不用上？"她语气里带点撒娇的成分，"爸爸，又弹琴又跳舞又画画，学这么多真的好累啊，她为什么都不用学啊——"

沈继华语音弱了一分，他问："明月，你想学吗？"

"太好了。"沈姿亭鼓掌，"是和我一个老师吗？那以后可以一起去了！"

梁明月不接话，她打量着沈姿亭，齐刘海，耳边各编了一条筷子粗细的小辫，顺着乌黑的长发垂落胸前，眼睛很大，嘴唇有些肉嘟嘟的，是和她迥异的，偏可爱的长相。

梁明月又看了一眼沈继华，想沈姿亭大概是像她妈妈。

沈继华却误解了她这一眼的意思，他沉吟道："如果要学的话，最好重新找老师。"

沈姿亭拖着长音道："对哦，没有底子只会落个四不像。可是，那要好多年才能补上呢。"

梁明月不想跟她缠这些有的没的，转开话题道："你不用去夏令营吗？"

沈姿亭却不放过任何一个嘲讽她的机会，她挑高下巴得意道："城里小孩和你们农村不一样，我们读书晚，我要明年才升学。"

梁明月放下筷子，看向沈继华道："她妈妈和她一个德行吗？难怪你要出轨。"

沈姿亭反应过来，气得脸色发青，喊道："那你和你妈妈一样，以后也要去勾引别人丈夫吗？"

"我说的是事实。"

"果然是亲生的，一样不要脸！"

"都住嘴！"

到梁明月去参加夏令营，她和沈姿亭吵了千八百次。

说"吵"也不太恰当，是沈姿亭单方面的暴跳如雷，梁明月真是不知道，她每天哪儿有那么多要生气的地方。

诚然看她跳脚有一点乐趣，但次数多了，梁明月感觉在浪费生命。

参加夏令营的是高一新生中的前一百二十名，梁明月属于空降，很快有热情外向的女生上前搭话，打听她是哪个中学的，怎么之前从未见过。

学校是个小江湖，在初入新环境众人都不熟时，便早已分了派系。每个人或多或少总能找到几个曾经的、或认识或面熟的同学。"光杆司令"也有几个，但梁明月连之前的选拔考试都未参加，是完完全全的生面孔。

梁明月开始还能耐着性子回答，后来看来的人一个比一个没新意，翻来覆去总问一样的问题，她就不耐烦了。

这些主动跟她搭话的所谓城里女孩，十个里面有九个小算盘是直接打在脸上的。口里问的是："你那个地方师资不太好吧？坐车到邵城要几个小时？"心里想的大概是："到底哪个犄角旮旯来的？"张口闭口："我家……我妈妈……我爸爸……"，恨不能把从小到大老老少少获得的荣誉全挂在身上夸耀。装都装不好，一个个还以为自己道行挺深。

梁明月别说回答，连个笑脸都欠奉，甚至内心阵阵作呕，仿佛看见无数个沈姿亭在她面前跷着腿秀优越感。

沈继华和梁薇举办婚礼那天，天气出奇地好。

梁明月很早就起来了，她坐在楼下，等张妈叫沈姿亭起床。

过了好一会儿，终于传来下楼的动静。

沈姿亭看见她，冷笑一声，她说："张妈，你看有人起得真早，说不定以前经常要早起做农活，砍柴喂猪什么的，现在还没调整过来呢！"

"懂得真多。"梁明月赞赏道，"你是猪投胎变的吧。"

……

沈姿亭一路上挑三拣四、指手画脚，到了酒店都还没个消停。

她穿着剪裁合度的小礼裙，顶着雪白可爱的小脸，对每一个靠近的人都大摆脸色，不刺上两句不舒心。

梁明月坐在离礼台最近的圆桌旁，看着布满全场的鲜花美酒，看着璀璨灯光下携手走来的两位主人公，看着梁薇脸上精致的妆容，想她现在算不算如愿以偿。

举目四顾，来往走动的都是些西装革履、大腹便便的陌生人，他们站着，脸上挂着得体的笑容，在有人发言时克制鼓掌，在恭贺声中推杯换盏。

这是一场庄重、盛大，却不够热闹的婚礼，它更像一个心照不宣的宣告仪式。

　　唯一不和谐的，便是全程臭脸的沈姿亭，和局外人般冷漠的梁明月。

　　八月中旬，新生开始军训。

　　沈继华问梁明月要不要请假，梁明月拒绝了，并提出之后会一直住校。她态度很强硬，说和沈姿亭在一个屋檐下，影响她细胞活性，没法学习。

　　沈继华无语，他早已见识过两人的战斗力，只能无奈同意。

　　军训进行到第六天，教官带完一整套动作，询问有没有同学愿意上来示范，同连队有个女生主动举手，被点了上去。

　　该女生不太高，有两个半梁明月那么大，她站上去之后，并不做动作，反而与前排的某个女生挤眉弄眼，莫名笑个不停。

　　那天日头特别毒辣，梁明月站在队伍里，汗水从额际汩汩滑落，她看着那个女生以手捂嘴笑得不能自控却自以为娇俏的样子，火气直冒，闭着眼勉强忍住。

　　解散后好巧不巧胖女生又走在她前面，跟同伴打闹着挡住了从操场往上的小小楼道，刺耳笑声在周边回荡，她等了两秒，不耐烦极了，一把将人推开，还口出恶言："肥得跟个猪一样还要挡路。"

"你说什么？"女生扶在护栏上，愣了下，脸色很不好，"你骂谁呢？"

梁明月往前走："聋了戴助听器啊。"

"你有病吧？"女生追上来，抓住她的肩膀，"你撞了人不道歉的啊？"

"撞？就你这体形，我可撞不动。"

"你有没有素质啊，别以为我胖就好欺负……"

两人的争吵引来一小波围观。

吴靖文循声找来时，梁明月依旧气势十足："骂你就骂你，怎么，因为你是胖子我还得让着你？胖是护身符？尚方宝剑？骂不得？自己胖都胖了，还怕人骂，好笑，我骂你是你欠骂，跟你胖不胖有什么关系？"

女生被她一连串的攻击给击蒙了两秒，她胸膛起伏，脸涨得通红，大声道："我胖关你屁事！吃你家大米啦！一个关系户也好意思气焰嚣张！"

"怎么不关我事？你知不知道你刚站台上惺惺作态浪费多少人时间？以后不会就少自告奋勇上去丢人现眼，少出那一会儿风头不会死。我也不是你妈，有爱看你卖弄才艺的喜好。"

"你！你等着被开除吧！"女生威胁完，红着眼跑了。

梁明月神清气爽。

然后她抬头，看见一个完全意料之外的人。

"吴靖文！你怎么在这儿？"

"老师之前不是说过，一中有个班面向县城招生，我就来考了。"吴靖文笑着看她，"好久没看你这么生气了。"

梁明月翻个白眼："我太烦她了。不说她。你之前怎么没来找我？"

"大家都穿一样，我不知道怎么找。"

"去广播台喊啊，'喂？喂？梁明月在吗？高一新生梁明月？你小弟找你来了——'"

吴靖文都比她高了半个头，听她这么说也只是笑。

"外公怎么样？"她有一段时间没回去了。

"挺好的，平常喝点小酒。你呢？适应得怎么样？"

"还行。你怎么不拦着点，知道他高血压还让他喝酒。"

"就喝一点，外公自己有数的。而且，我哪儿敢拦呀。"

"你真是——一点魄力都没有。"

吴靖文这个温温吞吞的性子延续了十几年，又完美传染了梁潇予。

两个人等在高铁出口，目不转睛地盯着一波波从高铁站出来的人。

终于看到梁明月，吴靖文脸上露出笑容，梁潇予则挥挥小手，甜甜地喊了一声："妈妈！"

路过的女生抬头一看，差点走不动脚，哪里来的可爱娃娃？

她拍拍同伴，示意她去看，两人小小的惊呼，干脆让在一边不走了，她们去看抱小孩的爸爸——他笔挺地站着，西装外套一件深灰色的大衣，留着利落短发，还戴一副边框眼镜，一看就是钟情工作的精英人士，因为微笑，成熟中带了一点少年感。

虽然也是个挺有味道的帅哥，但是和小天使长得一点都不像呀。

这小孩圆圆脸，皮肤雪白，五官漂亮极了，一笑便弯起来嘴角和乌黑溜圆的双眼，叫看的人心都化了。

忽然横过来一双手，将小孩接了过去，于是女生们看见他"天仙"一样的妈妈。大家的疑问没有了，自觉一切都得到了圆满的解释。

三个人回到家，梁潇予噔噔噔地跑进去，殷勤地打开鞋柜，将一双米色条纹拖鞋放在梁明月脚边。

他蹲在地上，抬头看她。

"妈妈，这是你的新拖鞋。"

"是潇潇买的吗？"

潇潇看一眼吴靖文，"是叔叔买的。"又赶紧道，"但是是我选的。"

"真好看。"梁明月摸摸潇潇软乎乎的额发。

吴靖文站在一旁,看了一会儿两人说话,便转身进了厨房。

潇潇亦步亦趋地跟在梁明月身后,他其实一直是有些怕妈妈的,但许久未见,格外依恋,他只差没将自己挂在妈妈身上了。

梁明月将他抱起,在屋内转了一圈。

潇潇一手搂着妈妈的脖子,一手指向电视机旁的小立柜:"妈妈,你看。"

小立柜上站了一个篮球高的奥特曼,捏着拳头,雄赳赳气昂昂。

"这是上次外公外婆带来的。"潇潇凑近妈妈耳边,小声道,"欢欢一直让我给她玩。"

"潇潇想给吗?"

"我要先给妈妈看,你看。"潇潇兴致勃勃地拿在手里摆弄,"妈妈你看,它可以变身。"

梁明月陪潇潇玩了一会儿积木,看他搭得认真,她起身去找吴靖文。

吴靖文穿着围裙,正动作熟练地剖鱼。

"他们经常来?"她问。

"偶尔过来,他们……"吴靖文看她一眼,"他们好像在隔壁单元买了房子。"

梁明月静了会儿，没再问，她告诉吴靖文："明天我带潇潇回砚山住两天。"

　　"不等我啊。"

　　"等你等到大年夜吗？吴大律？"

　　"哈哈，那你们去吧。听说砚山在修路，开我的车去。"

　　"好。"

　　时隔半年，三个人终于又坐在一张桌上吃饭。

　　梁潇予挨着梁明月，背挺得笔直，只是小腿一踢一踢的，在宣告主人的好心情。

第三章

雁城自入冬以来，终于下了第一场雪。

南方的雪很少下得这么热烈，纷纷扬扬一夜过去，入目都成了白茫茫一片。

程文璇提着包，靴跟踩过雪白地面，嗒嗒嗒嗒，走出一段路，她脸色不太好了。

没想到走进来还有这么远，她脚底冻得微微发麻，差点飙脏话。

带着满腔火气，她按响门铃，不出意料，毫无动静。

她又打开密码锁，嘀嘀嘀嘀按了一通，门咔嗒一声，开了。

屋内消音般安静，纱帘透过的光线照出凌乱的客厅，沙发移了位，酒瓶、抱枕、外卖盒乱堆一气，还有散落各处的游戏设备。

程文璇平和了点儿，为某人至少还知道吃东西而感到欣慰。

她走到卧室，将窗帘哗地拉开，刺目的阳光穿过整面落地窗，倾入室内，每个角落都亮得毫无保留。

占据了房间三分之一的大床沐浴在阳光下，灰蓝的被面显得格外松软，里边窝着个拱起的人形，动了动，拉高被面盖住头顶。

"王丛骏，"程文璇威胁道，"我数三下，再不起来，我就要掀你被子了。"

床上的人毫无动静。

"三二一！"

她数字数得飞快，语音还未落，手就抓住了被角，正要扯，王丛骏脚一抬一卷，已裹着被子在床头坐好。

"想看就直说。"

王丛骏声音有些哑："要看吗？大色魔？"

"谁要看？"程文璇话是这么说，还是没忍住多送了几眼。

不知是又长了一岁，还是未睡清醒的缘故，王丛骏看着和之前不大一样了。

他闭着眼神情懒散，单一动不动地坐着，就让人怪移不开目光的。

哦，程文璇发现哪里不对了，王丛骏将头发留到了之前从未有过的长度，细碎刘海差点盖过眼睛，滚了一夜有种颓废美。

秀色可餐。

什么鬼？程文璇为自己脑子里冒出的这种东西而感到

羞愧。

　　"你来干吗？"王丛骏还是不动，"你哪儿来的密码？"
　　"少明知故问。赶紧起来。"
　　"我不回去。"
　　"废话少说。"
　　"你自己走。程文璇，你很闲吗？能不能别每次都摆出一副救世主的样子管闲事？"
　　"没用的。"程文璇不为所动，"反正呢，我的任务就是把你抓回去。不然我们就耗着。"
　　"随你。"王丛骏无所谓。
　　"你起不起来？不起来我上来和你一起睡了。"程文璇作势要脱大衣。
　　王丛骏无语，他指着门："出去。"

　　王丛骏换了衣服出来，程文璇手一抬，手机屏幕直接对准了他，她笑得蔫坏："奶奶，您看，我已经到小骏这儿啦，他说马上就回来看您！"
　　画面上一个慈眉善目的老太太，看见王丛骏笑得更开心了。
　　王丛骏猝不及防，脸根本板不下去，他笑着喊了一声："程奶奶！"

"哎，小骏，小骏啊，你放假怎么都不回来啊！奶奶好想你哦！"

程文璇示意他接过手机，他瞪她一眼，还是接了过来。

程文璇哼着歌坐在对面，笑眯眯的，志得意满。

"小骏叔叔，"那边挤进来一张小女孩的脸蛋，"我也好想你哦。"

王丛骏故意说："你是谁啊？"

"我是小涵方啊，程涵方。"小女孩一点不生气，"小骏叔叔，你记性真不好，再不回来，连太婆都要不记得啦！"

程奶奶："是吗？小骏，你忘了奶奶啦？"

"没有。"王丛骏乖乖认错，"我逗小涵方的。"

"奶奶等你回来吃饭，小骏，你快点回来啊。"

对着这样的一老一少，王丛骏只能点头。

挂了视频，程文璇一阵爆笑。

她取笑王丛骏："反正都是这个结果。你早点从了多好。"

王丛骏不理她。

程文璇还不过瘾："而且啊，小骏，你要不要照照镜子，镜子里的脸色比你想的要好很多哦。明明就很想大家，是个多情的小可爱，非要装得冷冷漠漠，一点都不酷。"

"闭嘴。"

回棠城的飞机上。

王丛骏放倒座椅，闭目靠着，好像又陷入了沉睡。

程文璇倾身去看他。

他戴一顶深咖色的针织帽，将略长的黑发都拢了进去，露出稍显苍白却极好看的一张脸。

程文璇想到她来之前，程文凯跟她交代的，关于王丛骏的神奇前任。

"不知道是怎么闹掰的。"程文凯说，"就突然之间，一夜之间。"

开始大家见他身边不再跟着那位"明月"，重又左拥右抱拈花惹草时，还打趣他迷途知返，终于想起身后的一片茂密森林，白宏问得更直接："腻啦？能勾着你这么久，她还挺厉害。"

"以后谁都别提啊，"王丛骏捏着酒杯，虚指一圈，"扫兴。"

众人明了地笑起来，王丛骏也笑起来。

只有程文凯笑不出来。

他这么多年和王丛骏一起长大，一眼便看出他心情极差。罕见的，好久未见的，快跌至谷底的差。

他在一旁默不作声，看着王丛骏没事人般与人调笑玩闹，看着他若无其事地饮下一杯又一杯。

饮至夜深，王丛骏醉了，他挂了一晚的笑意消失了。

他紧闭双眼，高大身躯软泥一样陷进沙发，周身萦绕的低气压让人畏于靠近。

程文凯将他送回家。到门口时，王丛骏不肯动了。

"不是这儿。"他说。

"是这儿。"程文凯拿住他的手。

王丛骏挣开他："我说了不是这儿！"他执拗地往电梯走，"我不会进去的！不是这儿！"

他力气极大，怎么都不肯靠近房门，好像里面关了虎狼野兽。

程文凯跟他推拉一阵，被他搞累了，他叉着腰，瞪着面前的祖宗："你今天到底发什么疯？"

王丛骏歪在墙上，垂着脑袋，一言不发。

程文凯叹了口气："那你跟我回去？"

"不。"王丛骏拒绝。

"那你睡走廊吧！"程文凯气道。

"不。回自己家。"紧接着，王丛骏报了一个新的地址。

然后程文凯明白了，王丛骏不声不响地，换了个房子。

程文凯终于把他安置好。要走时耐不住好奇心，拉开他眼皮问了句："你和梁明月吵架了？"

王丛骏不作声，眉毛一皱，聚了点杀气，而后又慢慢舒展开，整张脸都埋进了枕头里。

"肯定是。"程文凯自问自答，"还是不可调和的一架，连房子都被迁怒。可怕。"

那段时间，王丛骏玩得特别凶，逮着谁都不放过，夜夜闹到筋疲力尽。

这么疯了一阵，疯到大家快对他绕道而行的时候，王丛骏消失了。

他把自己关在房子里，活成了一座与世隔绝的"岛屿"，连最后两周的考试都没来参加。

最过分的是，王丛骏闭关前的最后一个女朋友，还是程文凯代分的手。

对，梁明月之后，王丛骏又玩儿似的踏碎了两颗芳心。

而梁明月？她真正成了过去式。

"反正，阿骏的反常都是因她而起。原因？鬼知道。"程文凯对自己的双生姐姐这样总结道。

"干吗跟我说？"程文璇当时正在翻览一本杂志，对他的讲述兴致缺缺。

"就是想让你知道，他现在情伤未愈，有点脆弱，你要对他宽容为怀，小心呵护。"

程文璇不屑道："堂堂男子汉，整天为了情情爱爱要死要活，谁看得起？要换了我，也得把阿骏给甩了。"

程文凯大惊失色："谁说阿骏是被甩的？"

　　"阿骏那种人，如果先说分手，肯定下一秒就不将人放在心上。百分百是被甩了。"

　　"想不到还是被你看出来了。"程文凯叹一口气，"不过我们身为他的发小，有些事看穿不说穿，就不要特意去揭人伤疤了。"

　　程文璇合上杂志："我发现你这人怎么一肚子坏水？"

　　"哈哈哈……"

　　程文凯笑完，又忽然换了正经神色："我看阿骏这样，和梁明月肯定还没完。"

　　"没完你想怎么样？"

　　程文凯说："我没想怎么样。但我希望阿骏吃这个教训。"

　　"虚无缥缈。"

　　"也许呢。"

　　此刻与王丛骏咫尺之距，程文璇在想，那个什么明月是怎么舍得甩人的，毕竟眼前人的皮相简直一等一地迷人。

　　王丛骏睁开眼，双眸深潭一样澄澈，他与程文璇直直的眼神对视两秒，嘴角一勾："你们学校是不是看不见男的？"

　　"谁说的，一抓一大把。"

　　"是吗？那你倒是数数看，你今天对着我犯了多少回花痴？"

"少自恋啊。"程文璇靠回去。

"我丑话可说在前头啊。咱俩没可能。你要对我心怀不轨，就趁早掐灭在摇篮里。姐姐，你实在不是我喜欢的类型。"

"对我来说你也一样。"程文璇没好气道。

"那太好了。"

王丛骏的语气很欠扁，程文璇气不过，又想起程文凯的话，就故意说道："像你这种花蝴蝶，玩玩还差不多。真要好好谈恋爱，好好结婚，你看哪个女的会选你。"

王丛骏没接话，程文璇以为他不以为然，过会儿却听见他问："那你要找什么样的？"

"什么？"

"我说，你要找什么样的结婚？"

"要结婚——那人总得踏实可靠，专一上进，就像文远哥这种。巧了，正好是你的反义词。"

王丛骏嗤笑一声，不再说话。

程文璇斜着眼看他："怎么，跟我哥一比，是不是自惭形秽？"

王丛骏："你以后会出轨吗？"

"谁？"程文璇吓了一跳，"你说我？"

王丛骏倾身靠近，仔细看她表情："程文璇，你以后如果结婚，有了小孩，又碰到一个年轻好看的男人，会出轨吗？"

"当然不会！"

"真不会？如果丈夫小孩都不在身边，你一个人住在另一个城市——"

　　"肯定不会。"程文璇打断他，"你这说的都什么乱七八糟的？再多的附加条件，再大的诱惑又怎样？我就是我，不会就是不会。这是原则问题。"

　　"我不信。人出现了，心猿意马没法控制，结婚证能约束什么？按着心不让跳吗？"

　　"不是的。这种心动可能是会有，但太肤浅，太不堪一击了。举个例子，你看我哥和嫂嫂，会因为这种事出轨吗？不可能的。因为对方太重要了，舍不得。"

　　王丛骏脑海中出现程文远和方泉的恩爱模样，他觉得程文璇说得对。

　　一对相爱的夫妻，怎么舍得出轨？

　　王丛骏："所以出轨是因为不相爱。"

　　王丛骏已经得到了想要的答案，程文璇却还沉浸在方才的争辩中，她接着说："不相爱那就离婚咯。这可构不成出轨理由。不，任何事都构不成出轨理由。虽然我们周围出轨男女比比皆是。"

　　她警惕地看着王丛骏："你突然问这些干什么，还没结婚就想着出轨了？我警告你啊王丛骏，找刺激不是这么个找法。"

　　"你想多了。"

因为修路，回砚山的县道被挖得坑坑洼洼、崎岖不平，梁明月慢慢地开着，免不了高高低低、一摇三晃。

潇潇坐在后座，抓着门把手，都快被颠迷糊了。他感觉自己有点晕车。

还好只是中间一段，在滑过一个半米深的大坑后，道路又重新变得顺畅起来。

终于到了砚山的房屋边，母子俩下车，一齐蹲在草丛旁缓了会儿。

久未有人打理，房子周边长满了杂草。

梁明月将门窗打开，简单清扫了一阵，又将后备厢中这几日的生活用品抱出来，一一归置好。

潇潇坐在一旁的小方凳上，大大的眼睛四处转，他很喜欢这个房子，墙壁是彩色的，地面也是彩色的，还有可爱的小桌子小板凳，就像童话故事里画出来的一样。

"妈妈，这个房子好漂亮哦！"他又一次赞叹。

"是啊，这本来是老外公的房子，爸爸妈妈花了好大功夫才弄得这么漂亮。"

"爸爸妈妈好厉害！"

"是爸爸厉害。"

大二那年的暑假，他们拿到一笔不菲的奖金，第一时间便兴致勃勃地回到砚山，设计图纸，请来工人，改建电路和下水，更换家具硬件，将老房子翻新得宜居又好看。

之后每年，或多或少，两人总会回来住几天，潇潇都差点在这里出生。

"潇潇，"梁明月铺完被子，蹲在潇潇面前，轻轻问他，"你以后想不想像爸爸一样，也当建筑师，给别人画好看的房子？"

潇潇想了想，点点头，他问："爸爸会看见吗？"

梁明月摸摸他的脸蛋："会的。"

潇潇忽然将小手放在梁明月的脸上，他摸摸她的眼睛："妈妈，别难过了。"

梁明月差点落下泪来，她静了会儿，偏头亲亲他的手："妈妈不难过，走，我们去看外公。"

梁明月拉着潇潇，提了一篮酒肉香烛，去往后山。

连着晴了好几日，乡间小路变得干燥好走。

潇潇左看看右看看，脚步走得很稳当。

外公的墓地挨着竹林，台面积满了枯枝落叶，梁明月蹲在碑前，仔仔细细地清扫完，点上香烛，摆好鱼肉，倒满酒，与潇潇一起，恭恭敬敬鞠了三躬。

她将碑上的照片一点一点擦拭干净，外公平和刚毅的面庞重新清晰起来。他带着微微的笑意，温柔地注视着她。

"外公。"

潇潇也将手放上去："老外公，我和妈妈来看你了。"

到傍晚的时候，忽然变了天。

天一下子暗了，潇潇坐在小竹椅上，扒着窗户往外看。

屋后是一片荒废的菜园，与吴奶奶家的一起，被红砖墙方方正正地围住。围墙中间有一个小木门，通往后山的一大片青翠竹林，在今晚的夜色中，竹林成了一丛丛摇来摆去的黑影。

有风呼啸在林间，急一阵，缓一阵，时而沙沙，时而呜呜，潇潇听得入了迷，他抬起头来，和明月说话："妈妈，外面有好多风。"

一直到他们离开，天气都未好转。

梁明月换了一条虽远却平整不少的路回城，行至半途，雨势变大，落在车上噼啪作响。

潇潇又看得目不转睛，他的手指点在玻璃上，顺着水迹往下蜿蜒，自言自语道："好像虫子在爬哦。"

千里之外的棠城连着下了几天雪，这日难得放晴，积雪消融，冷得格外刺骨。

王丛骏出门正好碰到程文远回来。

看见他，程文远似乎愣了一愣，他在王丛骏脸上盯了几秒，问道："小骏，你这帽子哪儿来的？"

"随手拿的。怎么了？"他头发长了一直没剪，出门便抓一顶帽子戴上。

"没什么，"程文远一笑，"挺好看。"

两人无声地对视几秒。

王丛骏抬手一拽："送你？"他看着文远哥笔挺的西装和利落的短发，不确定他是不是这个意思。

深咖的休闲针织帽往程文远跟前一放，画风变得奇怪起来。

程文远哭笑不得："哥哥能问你要东西？"

王丛骏也笑了，他把帽子戴回去。

"待会儿要吃饭了，你上哪儿去？"

"我有事。晚上不回来了。文远哥，你帮我跟奶奶说一声。"王丛骏抬脚要走。

"哎，"程文远拉住他，"小骏，高姨给我打电话了。她问你期末怎么没去考试。"

王丛骏像听见什么笑话："你确定是问'我'？"

"当然是你，高姨说你不肯接她电话。不然怎么会打到我这里来？"

王丛骏冷笑一声："我为什么要接。她连回来都不敢。"

程文远叹了口气，他说："你跟小凯两个，再疯再闹，也别太过了。小凯倒算了，小骏，你小时候……"

"文远哥，先走了。"

王丛骏不想听。

欢欢大名叫秦欢笛，是一个脾气有点横的小女孩，她和潇潇坐在一块儿玩积木，一定要占主导地位。

简单说呢，就是成品的方向必须由她说了算，她说要拼桥，就是拼桥，她说要拼房子，那就是拼房子。

只不过都要潇潇来完成。

潇潇总会对着散乱的积木先盯一阵，再不紧不慢地上手，眼看着要大功告成，秦欢笛便迫不及待地接过去，好歹参与一下，再拍拍潇潇的手，表示合作愉快。

两人"合作"出来的作品都挺有模有样，美观牢固兼顾。

"像他爸爸。"秦老师在一旁看见，感慨道。

落音又有些暗悔，秦老师提高声："欢欢这丫头就不知道像谁了，"说到自家孙女，秦老师又好气又好笑，"专爱欺负人，也是潇潇脾气好，像个小菩萨，从来不跟欢欢生气。其他幼儿园的小朋友，哎哟，老师都跟我告几回状了。说也说不听，气死人。"

"那当然是像您啊，"梁明月促狭道，"去一中随便打听打听，谁不知道秦老师厉害。"

"瞎说。"秦老师是绝不肯承认的。

别看秦老师现在退休了，每天带带孙女溜溜公园，好像和蔼可亲与世无争。以前教书的时候，没哪天不将学生溜得团团转。

她是一位无比敬业的、典型春蚕园丁式教师。拖堂是基本，占课是日常，开教师会议都能签个到便溜回来给他们听写单词，总之争分夺秒，抓住一切机会给学生们灌输知识。

她知道同学们抱有意见，还很能无理取闹、自圆其说。

比如高二会考完的第二天，学校还未重新排课，秦老师施施然拿着听力题进来了。同学们其实心知肚明，故意指出这是地理课，秦老师瞪大眼睛："谁说的，都考完了还上什么地理？这理应是我的课，学校没排而已！"

窗外，课堂原本的主人装聋作哑，飘回了办公室。

再比如，千载难逢撞一次秦老师有私事，那她一定会在前一天的自习课到教室来，好商好量道："明天那节英语课我来不了，用你们今天的自习课上，没有意见吧。"

大家觉得没什么吃亏的，也就没什么意见。

谁知下课前秦老师又从包里掏出一沓试卷："那明天英语课就把这张试卷写了。"

下边有哀号声。秦老师倒打一耙："你们真是无理搅三分。怎么，用英语课写试卷你们也有意见？那你们干脆别学英语了。都去学数学物理好了！"

众人卒。

再后来有一次，秦老师正慷慨激昂地上着课，班主任送电话来，她接了，没听几句，眼眶立刻红了。

她坚持上完了那节课，第一次没有拖堂，匆匆离去。

班上人面面相觑，默契地保持缄默，继续背单词、做题，埋首书案，再也无人抱怨。

初上高中时，梁明月所有的科目相较起来，只有英语稍显薄弱，夹在一堆亮眼的分数里格外突出。

秦老师看不过去，认定她人聪明，绝不止考成这样，便经常抓去办公室开小灶。

梁明月在读书上很用功，花一段时间便赶了上来。

秦老师教得很欣慰也很有成就感，一见她便笑眯眯的。

大学毕业后，秦老师知道她怀着孕，便让她回邵城考老师。她毫无方向地撞了那么久，让回来便回来了。

在秦老师家吃过饭，三个人散着步回家。

两家隔得并不远，但潇潇一手要拉妈妈，一手要拉叔叔，他自己又是一双小短腿，怎么都迈不快，步伐便慢下来。

又走出一阵，感觉潇潇有点吃力了，吴靖文就将他抱了起来。又拉过梁明月，将她一只手塞进自己口袋里。三个人依偎着，在寒冬的夜里回家。

潇潇穿了一件长到膝盖的羽绒服，帽子扣得严严实实，整张脸都被埋进蓬松的毛领。

"潇潇，"吴靖文点一点他红扑扑的脸蛋，"过了年送你去学画画，好不好？"

"好。"潇潇很少会说不好。他问："欢欢去吗？"

"欢欢不去。欢欢要去学跳舞。"

梁明月逗他："潇潇，你想不想学跳舞？"

潇潇想了一阵，为难地说："那我可以不和欢欢一个班吗？"

梁明月笑了，她说："为什么？我看你每次和欢欢都玩得很开心啊。"

潇潇闷闷地说："妈妈，那是我让着她的。"

他有点生气地告状："妈妈，我今天看到奥特曼被欢欢丢在床底下，能量灯都不见了。我以后不要送东西给欢欢了。"

"那你要和欢欢说啊，"吴靖文说，"欢欢可能不是故意的。"

潇潇很忧愁："欢欢的玩具到处都是。说也没用的。"

走到楼下，梁明月停住了脚步。

她在潇潇的脸蛋上亲了一口："宝贝儿，你先跟叔叔上去，洗了澡就睡。妈妈去买个东西。"

潇潇点点头，梁明月从吴靖文的口袋中摸出钥匙，转身走了。

"妈妈真是个马大哈，"吴靖文下巴挨着潇潇蹭了蹭，"潇潇，你说是不是？"

"妈妈记性不好。"

吴靖文笑了一声："我倒希望你妈妈记性不那么好。"

他摇摇头，带着小孩上了楼。

梁明月往回走，离自家所住单元最近的路灯下，站了一个人。

他穿着夹克，戴一顶针织帽，微仰着头，俊朗五官在灯下格外醒目。

梁明月看着他，双腿不受控制似的，一步步向他靠近。

王丛骏原地站着，双手插袋，等着她走过来。

他微带讽刺地想，她又这样看他，像初见那天，像之后的千百次。

之前他当自己道行浅，才会将这误认为情深。现在看来，其实是她演技精湛。

若不是才见他们一家恩爱和睦，他又要相信了。

"好久不见。"他主动开口。

"你来干吗？"

"来玩，顺便来看你咯。"

"你哪来的地址？"

"随便查一查不就知道了。"

王丛骏语调轻松，梁明月却皱了眉："你查我？"

"住址而已。"他不把这当一回事，也似乎忘了两人的不欢而散，"不要绷得这么紧嘛，明月。"

梁明月不说话，她一眨不眨地看着他，像在审视他话中的真假。

"明月，你老公原来是这一款。难怪你要出轨。"他似乎很理解她，"好男人总是无趣的。是吧，明月？"

他离她又近了一点儿，微微弯腰，两人的目光在咫尺间对视，他笑了，轻声说："你乏味日子过了这么久……怀念跟我在一起吗？"他的唇擦过她脸颊，到了耳边，"我都主动送上门了……"

梁明月克制着退后一步，被王丛骏单手捞了回来。

他没用多少力气，她却没有挣扎。

王丛骏笑了一笑。

两人去了车上。

王丛骏将她放倒在后座，前一段的陌路仿佛消失了，彼此如此熟悉，像昨晚才在一块儿缠绵。

越野隐没在停车场的暗处，窗外透进一点光，照见王丛骏的半张脸。

　　梁明月勾着他后颈，拇指自眉心起，一点点抚过他的眉毛，他的眼睛，一寸寸一厘厘。她定定地看他，双眸中只有他的小小倒影。

　　王丛骏闭上眼，感觉她的指尖滑过鼻梁，终于有唇落在嘴角。

　　狭窄的空间里，王丛骏由着性子胡闹，梁明月在他头上拍了一掌，隔着帽子的缘故，声响都没有。王丛骏闷笑一声，要拽下来，"不要，"梁明月按住他的手，"不要摘。"

　　忽然听到铃音响起，是梁明月的手机，跟随外套一起掉落在地上。

　　她弯腰摸出来，屏幕的光亮映出王丛骏兴味盎然的一张脸，他说："接啊。"

　　梁明月做了个深呼吸，接了："喂，靖文？"

　　"我不回来了。"梁明月说，"周琪儿回来了，要我陪她。"

　　吴靖文沉默了一阵，才说："好。"

　　他挂了电话。

　　"你真是张口就来。"王丛骏挑高她下巴，"你老公知道你出轨吗？"

梁明月不说话，她自上而下睨着他，王丛骏哑声道："梁明月，在自家楼下偷情爽不爽？"

　　梁明月蒙住了他的眼睛，他恶意上涌，说话更无顾忌："明月，不如请我去你家里坐坐……"

　　梁明月的手又捂住了他的嘴。

　　不远处的入口，有两丛灯光打下，是晚归的车在缓缓开进来，伴随着车轮碾过地面的沙沙声。

　　梁明月靠在车门上，呼吸尚未平息，王丛骏便已穿戴整齐，他拉开另一边的车门，往外一站，和车内的混乱春色便隔成了两个世界。

　　"好了。"他说，"滋味还不错。学姐，你可以滚了。"

　　灯也被他打开，照得车内亮如白昼，两人在黑暗中交缠了那么久，终于又毫无保留地看清对方的样子。

　　王丛骏嘴角上勾，带点残忍的笑意。

　　而梁明月，她披头散发，衣衫不整，鞋早已不知踢去哪里。

　　与车外衣冠楚楚、置身事外的王丛骏相比，她狼狈得格外惨不忍睹。

　　"快一点啊。"王丛骏催促。

　　深夜的停车场寂静极了，王丛骏的声音好像被放大数倍，与灌进车内的风一同围在梁明月的身边。

王丛骏还是不关门，他看着她将衣物一点点捡回来，看着她穿上鞋袜。又在她整理头发时，挺抱歉似的开口道："对不住啊，学姐，我赶时间，穿好了就下去吧。"

梁明月下车，王丛骏已回了驾驶座。他将车开出，拐个弯，一眨眼便驶离了她的视线。

开出一段路后，王丛骏车速慢下来，脸上却殊无欢喜。

他也伤害了她，为什么一点不解气？

他何止查她住址，他把梁明月和吴靖文查了个底朝天。

资料上说两人青梅竹马地长大，一路同校，甚至大学都填在同一校区。王丛骏越看脸色越沉，扬手撕了个粉碎。

真般配，他想，抬脚踢飞了垃圾桶，胸中怫郁却半分没有纾解。

散落一地的碎片中，还记载着梁明月大学期间的一段恋情，可惜王丛骏没有看见。

他只恨恨地想：梁明月怎么做得出来？

他太意外了。意外梁明月的说辞，意外自己居然被摆在这样的位置！

玩玩而已？

没错。开始他也这样想。

放在以前最糟糕恶劣的那段时间，王丛骏对漂亮女孩几乎来者不拒，也不认为这是什么了不得的事情。

可梁明月哪里像玩咖，她从头至尾，只对他一人温柔似水，哪来的玩咖这么不合格，又哪来针对性这么强的"消遣"？

两人像猎人与猎物忽然转了向。这才是他最不甘心的地方。

他后来又去过金源，经过山脚下的护栏，她奋不顾身护在他身前的模样清晰如昨。

那是他鬼迷心窍的起点，是他第一块倒下的多米诺骨牌。他不相信是作假。

回棠城的飞机上，程文璇向他信誓旦旦地保证，以后一定会对婚姻忠贞。

他在想梁明月，想会不会，有没有可能，青梅竹马十几年，除了情深意笃外，还有别的走向，比如说，彼此太过熟悉，熟悉到毫无激情，相看两生厌。

所以他一时起意，飞来了邵城。他要亲眼看看梁明月和她的"绿帽"丈夫。

出机场时天空已暗成了墨蓝色，王丛骏看见不远处的建筑顶上，有一个串了彩灯的标志性雕塑。

那是一只振翅欲飞的鹰，王丛骏脑海中出现了一点相关的记忆，他忽然想起，在他很小的时候，大概八九岁，好像和爷爷一起，来过邵城。

其实在看见他们一家三口有说有笑地回来时，他应该转身就走的。

　　但他迈不动脚步，他也不肯承认，他想他再试最后一次，如果梁明月犹豫，他一定狠狠羞辱她。

　　毕竟他是这么的不痛快。

　　应该在她抱住自己时将她摔在地上。

　　应该在她吻上自己时让她滚蛋。

　　可他的渴望大过决心，心已被压在千钧石下了，还想温存一会儿再将她推开。

　　现在他有了结论。

　　梁明月就是一个道貌岸然、贪心不足、毫无廉耻的人。

　　梁明月回家时，吴靖文还未睡。他看看她，又看看她空荡的身后："你怎么回来了？周琪儿呢？"

　　梁明月面不改色："她上司又把她叫回去了。"

　　"这么晚？"

　　"她们工作时间不固定的。"梁明月把手机给他，"要不你自己问问？"

　　吴靖文后退一步表示拒绝。

　　这两人从初识起就不对付，水火不容了有十多年。

　　周琪儿整天笑他木头桩子一棵，死板不知变通。而吴靖文对这类不良少女毫无好感，从来不将她放在眼里。

谁知后来高三毕业，吴靖文阴差阳错成了周琪儿家小侄子的家教，这下被周琪儿欺负得够呛，成了一块很扎实的陈年阴影。

　　别说主动打电话，平常能少见尽量不见。

　　吴靖文又问："你怎么看着这么累？"

　　"哦。我走楼梯上来的。"

　　她需要时间平复，需要好好想一想。

　　让梁明月万万没料到的是，几年不回邵城的周琪儿竟然真会在第二天早上出现在她家门口。

　　开门的是吴靖文，他面色奇怪，周琪儿却给他一个大大的笑脸，还作势要来一个爱的抱抱。

　　"好久不见啊吴靖文，你再不欢迎我，脸色也别摆得这么明显吧？"

　　吴靖文让她进来，他问："你昨晚不是才走？"

　　周琪儿比他更奇怪，她取笑道："昨晚？你在梦里看见的我吗？"

　　"明月说你昨晚来找她……"吴靖文说到这里停住了，他意识到梁明月在骗他。

　　周琪儿面色茫然，完全不知道他在说什么，待他停下后又猛地一合掌，恍然道："啊，是的，想起来了。我昨晚是来找她了。睡一觉给忘了。"

吴靖文盯着她："哦，是吗，那你昨晚回家睡了？"

周琪儿："好像是吧。"

"行了。"吴靖文往厨房走，"你刚下的飞机？吃早餐没？"

周琪儿讪讪道："这个明月，也不提前跟我串串词。"

梁明月从卧室出来，周琪儿碗中馄饨都已吃到一半，她埋着脑袋装鸵鸟。

而吴靖文双手抱胸，将她上上下下审视一番，凉凉道："解释一下？"

梁明月静止几秒。"好吧，"她说，"我错了。"

吴靖文等着她的下文，她却摇摇头不肯说了："别问了，怕麻烦才拿周琪儿当挡箭牌。说来话长。"

中午，四个人出去吃饭。

周琪儿和潇潇坐在一块儿，一会儿捏捏他的脸，一会儿摸摸他的耳朵，逗得潇潇抿起了嘴，明显是感到了烦恼。

他求助似的看向妈妈，梁明月在周琪儿的爪子上拍了一下："你能消停会儿吗？"

"不能。"周琪儿嘻嘻笑，"好不容易看到实物，不多占点便宜怎么行？"

前几年周琪儿与潇潇几乎都是通过视频会的面，眼见着他从小面团一点点长成粉雕玉琢的小娃娃，时常抱怨不能上手。

潇潇自力更生，爬下来跑到吴靖文身旁，换梁明月坐了过来。

她问周琪儿："你这次回来待几天？"

周琪儿一笑："我辞职了。"

两人都是一愣，周琪儿又说："我不回去了。以后就留在邵城。"

梁明月："这么突然？"

吴靖文："工作不如意？"

周琪儿白他一眼："我业务能力很强的，好不好？"

"那为什么？"

她喝了一口茶，慢慢道："怎么说呢，就是觉得好没意思。其实这两年比起之前已经好了太多，不用殚精竭虑去厮抢一个机会，也不用颠倒日夜任人摆弄，可我还是觉得好没意思，不知道每天忙得像个陀螺到底是为了什么。我缺钱吗？不缺啊。缺认同吗？现在也不缺了。"

"你以前不是很热爱这个行业？"吴靖文说，"不惜与家中决裂也坚持要远走，还说永远不会再回来，到死都要在外面漂泊。"

周琪儿瞪着他："你记得倒很清楚嘛。"她早已与自己和解，因此也不太计较吴靖文这隐隐的挖苦。她说："不懂事放的狠话你也要当真？虽然我那时确实是这样想，但谁能保证几年过去一点不变？吴靖文，你敢说你现在二十八岁了，脑子里想的事还和十八岁一样吗？"

"关我什么事。我一步一个脚印稳稳当当的，从来没有离经叛道过。"

"是，你厉害，行了吧，反正呢，人就是会变的。也许过几年我又待不住了说不定。"

梁明月："你爸妈知道吗？"

"等下午我回去，他们就知道了。"周琪儿叹了口气，"唉，又是一场硬仗。"

吴靖文见识过这一家三口的火暴脾气，也看得出周家父母叱骂下的柔情，他说："你回来他们肯定很高兴。"

"嗯。"周琪儿笑一笑，"其实爸妈年纪大了也是原因之一。现在想想，我以前是任性太过了。"

这话还是第一次听见，梁明月取笑她："你现在是拿了浪子回头的剧本了？"

"可不是嘛。不过压力也挺大的，我爸妈太古板了，在他们眼中，我不考公务员，拖到这个年纪还没有结婚，简直不忠不孝。没有道理可讲。"

吴靖文："那你打算什么时候工作？"

"明天吧，明天去看铺面，我想开一家火锅店。"

梁明月笑了，吴靖文却皱起眉："你怎么想起一出是一出，一点经验没有就想开店。"

"怎么没有，我前男友就是开火锅店的，知名连锁，我好歹跟了他几年，偷了不少师呢！"

吴靖文不说话了。

吃完饭，周琪儿打发吴靖文带着潇潇先回去。

她拉着梁明月去了另一家幽静雅致的甜品店。

才在角落坐下，周琪儿眉毛便竖起来了，她问："昨晚是不是王丛骏？"

梁明月没有否认。她把围巾解下来放在一边，夸赞她："这么聪明啊，周小琪。"

周琪儿脸色都苍白了些，她低声道："真是他？他居然找到这儿来了？你还若无其事？居然还笑？你——不对，他知不知道……"

"他早就知道。我们闹掰很久了。"梁明月握住她的手，"你反应别这么大，到底有什么好怕的？"

周琪儿更惊讶了："什么时候知道的？怎么知道的？这还不闹翻天？"

"是个意外。我和潇潇打电话被他听见了。"

"你怎么说的？"

"我还怎么说？说日子无聊出轨消遣咯。"

周琪儿打了个战："王丛骏肯定气疯了。他肯定做梦也想不到。我早说了他真的喜欢你，被你伤成这样还要找过来，他这是不到黄河心不死。明月，你真的太狠了。"

梁明月："你知道他来干什么吗？"

她省去细节，把别的一五一十都说了。

"我双腿发软，心律失常，几乎是蹒跚着被赶下车。我知道他想羞辱我，想我看到自己在犯贱。我还挺开心的。心里觉得很公平。现在你明白了吗？周小琪，我早知道他们不一样。"

周琪儿听得怔怔的，她神色复杂，看着梁明月，仿佛不能理解："那为什么呢？你为什么……"

为什么一而再，再而三……

"谁知道呢。"梁明月说，"我没有办法。"

梁明月和王丛骏再次见面，是在草长莺飞的四月。

自动化的全体大二生被系里安排了一次参观实习。

八点半在广场集合时，众人才发现带队教师中还跟了几位学姐，梁明月和夏思盈都在其中，一人负责一个小组。

梁明月站在学校租用的大巴旁，正对着花名册点名。

她扎高马尾，穿一件卡其色翻领风衣，点着人头让他们一个个上车。

毕竟站过几年讲台，又占冷脸的先天优势，语调一提一板，大家便乖乖上去坐好了。

有些胆子大些的男学生，并未被吓到，上去了还频频回望，要么移开窗户看她侧脸。

还有人在看王丛骏。

王丛骏会来本身就让人意外。

但他好像无意给人提供谈资，很快上了另一辆大巴，从头至尾眼风都未朝这边扫过。

捕风捉影的八卦都有人津津乐道，更何况是实打实的恋情。人人都知道这两人有过一段，后来大概不欢而散。理由不重要，分手总是不欢而散的。

这其实催长了男生们的不轨之心，有先河在前，说明人人都有希望。

不过很快，大家明白了这是错觉。梁明月就是梁明月，在断人念想上一点不留余地。

屡战屡挫，壮士们渐渐失去了挑战的勇气，但看一看，躁动一下还是可以的。

开了近一个小时，大巴停在了雁城科技园的门口。

十几个小组分批分段，错开进了不同的厂房。

每个车间都有负责讲解的师傅，和老师一起，领着大家进行专业性的参观。

师傅们都是在车间待了挺长时间的元老，对设备和技术很了解，对大学生也很了解，毕竟每年都有高校送过来一波又一波。

大家会好奇和疑惑的地方他们早答得驾轻就熟，一边介绍，一边为他们解惑，还主动列举了许多他们尤其要掌握的技能。

而老师的补充，则更注重于运用已学的理论知识，对实习单位的各项技术操作进行分析和对比，找到其合理与不足之处。

一个多小时过去，实习任务完成得差不多，老师给了几十分钟的放养时间，让大家三三两两自行转悠。

梁明月身边围了几个正在做笔记的男生，禹雄杰一边与一边问，还照着器械画了几个简图，梁明月看了看，接过去帮他改了几笔。

"这两个直径是不一样的，看见没有，你把数值在旁边标注好。"

禹雄杰照做，梁明月又检查了一遍另外两个同学的书写，确定没什么问题，她转身欲走。

禹雄杰连忙拉住她的袖子。

梁明月眼风一扫，禹雄杰就松了手，他壮着胆子说道："学姐，今天上午辛苦了，跑这么远来带我们参观，不如待会儿回去，我们几个请学姐吃中饭？"

"不用了。"

"没关系的。就一顿饭，意思一下，慰劳一下嘛。"

"我不跟你们一起走。"梁明月说，"等集合点完名，我就不上车了，你们到学校自行解散。"

　　"学姐要去哪儿？"

　　梁明月："要跟你报告？"

　　禹雄杰讪讪地闭了嘴，眼看着她大步离去。

　　梁明月没找到罗教授，看见夏思盈在门口，走了过去。

　　夏思盈听她说完，没多问，点点头表示可以。

　　等梁明月转身远去，夏思盈看一眼她的背影，又看一眼进来没多久，站在一摞成品旁的王丛骏，轻轻呼了口气。

　　天知道她的目光已悄悄在这二人间转了多久。

　　这两个人风平浪静的，都将对方当空气，好像一切都过去了。

　　可夏思盈还是忍不住一看再看，谁让那晚给她的印象太深刻。

　　明明已过去了三四月，她想起来居然还记忆犹新。

　　那晚她正抱着笔记本赶小论文，留意到隔壁忽大忽小的动静，思绪立马断得零零碎碎，一点接不下去，她自我抗争了一番，将耳朵贴在了房门上。

　　隔了小客厅和两道门，她其实听不清他们说了什么，只知道两人在吵架，王丛骏好像气得不行，几次质问的怒吼声，吓得她头皮发麻。

她屏气凝神，心跳得飞快，隐隐觉出事态不妙。

再后来，王丛骏怒气冲冲地离去，将门拍出震天响。

巨响平息，屋内重又变得静谧无比。夏思盈站在门边，有点坐立难安，她想自己是不是做错了，是不是不该给王丛骏开门。

怎么就昏了头把王丛骏放进来了呢？

她懊恼极了，越想越觉得自己有责任，还等着梁明月来兴师问罪。

可梁明月没有。

那一夜太平过去，又是一天天亮。

夏思盈打心底盼着他们和好，可盼了没几天，希望破灭了。

她无意之中撞见王丛骏身边换了新人，是一个栗色卷发的漂亮学妹，再加之周边众人对梁明月的刻意挖苦，她愧意更重了。

于是她灰头土脸地去找梁明月道歉。

梁明月听她说完，好像不太在意，只应了一声："哦。"

她飘飘忽忽地回去，内心不大想得通，那么天翻地覆的一架吵完，也没个后续，就突然岁月静好太平盛世了？

当代男女都这么洒脱旷达的吗？那为什么还要吵架？到底为了什么吵架？

这些曾在夏思盈心头盘桓过的疑问随着时间流逝不了了

之。她早已不再纠结。

她只是直觉作祟，觉得两人没完。

然后，她的直觉被证实了。

今日梁明月和王丛骏两个人久违地同框，梁明月和她说要先走。

王丛骏也没有上大巴。

梁明月未出科技园，她顺着喧闹不绝的高大厂房，沿着边缘的景观带，慢慢地往里走。

景观带等距种了一长排笔挺的香樟，还有不太高的，被修剪得整整齐齐的红花檵木。此时正值花期，穗状的花瓣鲜红热烈，一丛丛一片片漫开在枝叶间，连成了深浅不一的天然锦缎。

再走一段，锦缎拐了弯，原来道路已到尽头。

梁明月驻足在最后一棵香樟树前，仰头看了一阵，踮着脚抬高手臂，可这次不管她怎么够，手都碰不到枝干了。

她退后几步，蓄了力往上弹跳，沙的一声，一小条枝叶被拍到轻摇。

几年前，雁城科技园刚刚落成，这儿里里外外还很荒凉，梁明月和男友一块儿来过。

那天日光不怎么强烈，他们踩着崭新的柏油路走进去，正好碰到工人在植树。

那会儿她站在树下，轻轻松松就能摘到叶片。

"沙——"

身后传来轻响。

梁明月回头，王丛骏站在另一棵树下。

他穿一件拼色的短夹克，头发早已剪短，手还高举着，轻轻一跳，一横排的树叶被他毫不留情地扫过。

有几片颤颤悠悠地飘落，反而衬出他跳高时好看的侧脸和下颌。

俊朗的面庞与记忆中一点点重合。

梁明月目不转睛地看着他，朝他走近了一步。

王丛骏往后一退。

"你又要来吗？"他偏着头，双手插兜，嘴角勾出一抹嘲讽的笑意，"梁明月，你没有自尊、没有底线吗？"

梁明月没有回答。

两人隔着一米远，无声地对视。

忽然从路口卷来一阵料峭春风，哗哗的树影摇动里，梁明月一步步接近王丛骏。

她笃定似的问："你跟着我干什么？"

王丛骏嗤笑一声，看笑话般看她："你想太多了。艾益东车落在这儿了，让我开走。"

“哦。”

梁明月应了一声，停住脚步。

她看了他一眼，侧过身，继续望着树。

不知过了多久，她还站在原地一动不动，好像一具出神的雕塑。

口口声声说只是来将车开走的王丛骏，也像雕塑一样定住了。

他问："你无聊过头了。一棵树有什么好看的？"

梁明月语气难得温柔："我认得这棵树，来看看它长高多少。"

"认识一棵树？怎么，你种的？"

"不是。"

"那长高多少？"

"长高——"

梁明月抬手比画了一下，仰着脸笑了，笑得眼睛嘴角都弯了起来，好像心情很不错。

王丛骏不懂她在高兴什么。可梁明月这样灿烂的表情实在少见。他盯着看了几秒，移开目光："这么开心？"

梁明月："是啊，很开心。这么多年，至少树在好好长大。"

王丛骏面色忽然一下冷了："还有谁认识这棵树？"

"我爱人。"

她如此直接，王丛骏反被噎住。他恨恨道："梁明月，你现在说话无所顾忌了，是吗？"

　　梁明月又笑了，她最后看了他几眼，绕过他离去。

　　王丛骏立在原地不动。

　　梁明月穿的运动鞋踏在地上声响很轻，可他即便不回头，也能清楚看见她的身影渐渐远去。

　　她不会来找他，她永远不会来找他。像过去的四个月，像今天，像以后的每个日夜。

　　王丛骏闭目握拳，握得青筋凸起指骨铮铮了，还是忍不住倒退，忍不住将梁明月截回怀里。

　　梁明月跟跄几步，背部贴住他胸膛后，一点不挣扎。

　　总是这样。又是这样。

　　"你想好了吗？"

　　过了好一阵，梁明月问。

　　他想好了吗？

　　他没有。王丛骏觉得无力，他不肯回答。只是收紧双臂，将怀中人越缠越紧。

　　梁明月却不肯放过他，她说："不要又说我骗你。"

　　王丛骏："你早知道我会拦你。"

　　"是。"梁明月手心覆住他的，握紧拉下来。

她转身直视他眼睛："因为你不甘心。"

　　"这样你也无所谓？"

　　"有什么关系？"

　　"你这种人，为什么结婚？"

　　"我怎么？"

　　他忍不住刺她："你有脸问吗？"

　　"那是我的事。王丛骏，该你来质问我吗？"

　　王丛骏如遭闷棍。

　　他又一次清醒地认识到自己的处境。

　　理智让他提脚走人。可他不想。他的决心下了这么久，到头来还是没有触碰来得强大。

　　他听见自己破罐子破摔地问了一句："为什么是我？"

　　梁明月抱住他："这有什么好问？就是你，只有你。"

　　时隔几个月，梁明月和王丛骏终于又滚倒在一张床上。

　　只不过，梁明月是不纯粹的投入，王丛骏则带着恶意，轻轻重重，让她在快乐与折磨间游离。

　　梁明月当晚没有回来。

　　夏思盈便成了第一个知道他们复合的人。

　　当然这叫不叫复合还有待商榷。因为男主角貌似还有别的女友。而梁明月虽然又有过几次晚归或不归，却总是行迹不定，行色匆匆。

　　曾以高调姿态出双入对的两人，和好后却再也未在同一场合出现过。

　　别说铁证，压根也没有一丝一毫能坐实两人鸳梦重温的迹象。但夏思盈就是笃信不疑。

　　她作为唯一掌握真相的群众，心口是又憋闷又惴惴。

　　她想，正牌变插足，复合成劈腿。

　　这到底是什么世道？

　　王丛骏陪周洁看电影时，周洁一惊一乍的，没几分钟就要往他怀里倒。

　　他推开她，她便眼泪汪汪："呜呜呜，好吓人，真的好吓人。"

　　"那走吧。"

　　周洁哽咽着不肯："不要，不行，都被吓了一半了，走了就亏了，不能走，呜呜呜，还是看完划算。"

　　王丛骏对她的脑回路无语，他看向荧幕，镜头猛然拉向一个下巴削尖如锥、黑着整个眼眶的女鬼，吓得周洁一声尖叫。

　　他啪地将灯摁亮。

　　通亮的灯光将恐怖的氛围冲散不少，周洁茫然地抬头："怎么了？"

　　王丛骏心跳渐渐平定，此时再看荧幕，不免觉得好笑。

　　但他还是关掉了。

“怎么了？”周洁开始不安，“是我太吵了吗？”

“分手吧。”

周洁张着嘴，愣了一会儿：“啊……为什么？”

她站了起来，整个人写满无措。

这让王丛骏觉得自厌。

他和周洁之所以开始，是在得知梁明月会带实习之后。

他不知道自己在想什么。是想用有女友的借口约束自己远离梁明月，还是为了无谓的心理平衡，想让梁明月也尝尝被人一心二用的滋味？

他的双脚选择了后者。可他感受不到丝毫快感。

而周洁虽然将“为什么”问出了口，心中又怎么可能真的不知道原因。

王丛骏坐在她身边的每个瞬间都心不在焉。

王丛骏到家时，梁明月还未睡，她盘腿坐在沙发上，膝盖上放了笔记本，正在打字。见他进来便抬了头。

“约会还开心吗？”她问。

她看上去毫不介怀，王丛骏更觉得自己在犯蠢。

他不愿理她，径直去洗了澡，出来后穿着 T 恤短裤，抓两把头发，站在落地窗前。

外边是楼宇大厦，华灯夜上，他敛眉看着，忽然被梁明月从后面搂住。

她抱得很紧，王丛骏心情莫名好了一点，他侧过头，问她："梁明月，你很享受吗？"

　　梁明月在沙发上看了一晚上的资料，眼睛、脖子、腰背都酸痛不已，此时闭眼靠在他肩上，全身重量都贴给了王丛骏，自然是轻松又享受的。但她知道王丛骏问的不是这个，她说："怎么，电影不好看啊？"

　　她如此若无其事，让王丛骏心中火焰越蹿越高，可自尊让他克制，让他不将恼怒表露。他故意轻佻道："开的情侣包厢，谁会真冲着电影去。"

　　"哦，"梁明月轻飘飘应了一声，"那你没如愿？"

　　王丛骏抓她一只手："你试试不就知道了。"

　　梁明月没有拒绝，唇在他身上轻吻："那生什么气？"

　　王丛骏关了灯，拽她坐到地上，围在怀里，他抬起她下巴，就着月光，才敢混着真心问一问她："梁明月，脚踏两只船的感觉好吗？"

　　梁明月："你呢？你不也是吗，问你自己啊。"

　　他不是，他多希望他是，可他不是。他对自己简直失望透顶。为什么他做不到三心二意？

　　他以前可以的。可现在不管和谁，他都没法不想着梁明月。想她到底怎么做到的，为什么他厌烦至极。

　　今晚从煎熬中解脱，是他不想再自欺欺人，继续这项无聊游戏了。

可他不愿说。他半真半假道："我跟你可不一样。"

"是吗？"梁明月抬手一扯发带，乌黑柔顺的长发披散在肩头，"哪里不一样？"

"我分手了。"

"哦，"梁明月点点头，"原来我比你专一。"

王丛骏气笑了："你还真敢说啊梁明月。"

"没说错啊。"梁明月手撑在他的胸膛，"哪儿错了，你女朋友不是流水一样地换吗？"

"那你是什么？"

"我不算。"梁明月俯身吻他，"我们不算。"

王丛骏反客为主，在逼近时问她："为什么不算？"

梁明月被桎梏，推着他要退一点儿，王丛骏手如铁钳："说啊，我们算什么？"

"我们算纵情者，算及时行乐。"

王丛骏嗤笑："床伴是吗？"

梁明月要答时，王丛骏又倾身堵住她的嘴。

再次厮混在一块儿之后，王丛骏外出呼朋唤友胡闹到深夜的次数少了很多。

他不愿再带着梁明月出现在人前。

他也不肯将她撂在一边。每逢节假日，两人就在屋子里相安无事地待着，各忙各的，朝夕相处的时间比初识那几个月多出不少。

王丛骏慢慢发现，秘密被撞破，一切放在明面之后，梁明月好像肆无忌惮起来，曾经的拘谨、顾忌、言不尽意，现在完全不见了。

他也大大低估了梁明月道德沦丧的尺度，她简直猖獗到无法无天。

那是五月的第一个周末。

受冷空气和台风影响，雁城连着几天都是阴雨沉沉。

王丛骏醒来，隐约听见梁明月在外和人说话。

他往外走，对话声清晰地传来。

梁明月："潇潇画得真棒。旁边还画了什么，给妈妈看看。"

接着是个软软的男童音："妈妈，这个还没有上颜色呢。"

王丛骏立在原地，那晚在梁明月宿舍的不快记忆潮水一样回笼。

他闭眼，压下心中的暗涌。

梁明月明明看见了他，眼风却羽毛一样掠了过去，她依旧跟潇潇聊天："没关系，慢慢画。"

王丛骏扯着嘴角，无声地笑了笑，他走到梁明月对面，一错不错地盯着她。

潇潇说道："这张画的是外公家——"他将画凑近摄像头，"这个是爸爸，这个是妈妈，这个是我。我们永远在一起。"

王丛骏啪地将手机从后打下。

潇潇那边看妈妈忽然成了一片黑，提高了声问："妈妈，怎么了？"

梁明月镇定地扶起来，和潇潇找理由说了再见。

王丛骏冷眼看着，他声音平静："梁明月，下次再让我看见，我就不会这么客气了。"

别说遮掩闪躲，她反问他的语气都称得上坦荡了："你要怎样呢？"

"怎样？也许认识一下你的宝贝儿子，听他叫声'叔叔'——"

梁明月不为所动，她说："叫你叔叔也没错。"

"是吗，梁明月，你儿子要问你：'妈妈，这个抱着你的叔叔是谁？'你打算怎么介绍我？"

他的眼中没有一丝笑意，梁明月静静看着他，没有回答，他把手机往她的方向推了推："试试啊，我好奇得不得了。"

梁明月说："你无不无聊？"

"我无聊？"王丛骏轻笑一声，手掌毫无预兆地扫向桌面，手机被狠狠砸飞，"你眼里还有我吗？"

"你吃错药了吗？"梁明月皱着眉，"你今天第一天知道？"

他当然不是第一天知道。用不着人反反复复提醒，他也知道陷入这样的畸形关系有多荒谬难言。

他咬着牙："这是我家。谁准你跟别人视频？"

他只能找这么幼稚的理由。

他没有立场说，不准她跟他们互动。不想听那小男孩说他们要永远在一起。

那他怎么办？

哦，他们是一家人，要永远在一起，那他怎么办？

王丛骏更恨了，却努力让声音平稳："你真要接，就滚出去接。"

梁明月对此的回应是，捡起手机提包走人。

她大概觉得可笑，竟然连争执都不肯，毫不犹豫地就要离开。

他都不值得让她哄一句。

关门声传来，王丛骏一脚踢飞了面前的椅子。

窗外天色阴沉，狂风肆虐，高空中有塑料在随风飘扬。

楼下更加惨不忍睹，能吹倒的都倒了，横七竖八地支在地上。

树冠顺着风向勉力支撑，被一再挤压到极限。

梁明月迟迟没有出现在视野中。

一扇玻璃门将内外隔成两个世界。

梁明月抱臂倚在墙边，看片片落叶被翻卷着撞向玻璃，在台阶上积了一地。

她原想等一会儿，风弱下来再走。

对面电梯叮地响了一声，她抬头，见王丛骏从中走了出来。

他平平常常地看着她，好像刚刚大发雷霆的不是他。

两人无声地对视着。

梁明月直起身，走向玻璃门。她当他赶她。

感应门缓缓分开，王丛骏闷闷的声音传来："别走。"

他从后抱住她："你别走。"

梁明月："那是你家。"

王丛骏："我说错了。我气昏头了。"

"算了吧。"梁明月说，"我不想再为视频的事吵架。"

王丛骏静了会儿，再开口时不知是说服自己还是和她说话："无所谓了。"他说，"也不差这一点。以后你想干什么就干什么，随便你了。"

他一副什么都能妥协的语气，反而让梁明月没头没脑地说了一句"对不起"。

她为了什么而道歉?

她自己不愿深究。

王丛骏却在她耳边说："那就对我好一点，明月。"

其实梁明月对他，不管是初识那段时间，还是复合之后，基本有求必应。

两人同居的日子从来和谐，她很少跟他生气，最近还变得爱笑很多，高兴了"阿骏""小骏"换着花样喊他。

王丛骏最喜欢她抱他。床上也好，沙发上也好，坐着躺着站着，梁明月很奇怪，碰到他双手就环了上来。

他佯装不满："你是磁铁吗？我是吸铁石吗？梁明月，你怎么有这么黏人的爱好？你的高冷人设呢？"

"你不喜欢吗？"梁明月支起身子，用探寻的眼神看着他，王丛骏毫不怀疑，他如果说"不"，她一定起身就走。他才不说。

她在他怀里这件事让他觉得满足，好像她完完全全只属于他。

他用一个个吻将她亲到身下，身体力行地表达他到底喜不喜欢。

不爽的是，梁明月的我行我素也开始变本加厉。

哪怕前一秒还在他怀中，下一秒就直起身，镜头一转，小男孩的声音便传了出来："妈妈。"

他很努力地想要视而不见，毕竟旁观他们母子互动，对他来说无异于身心的双重锤炼。可是这样的时刻不管经历多少次，他都无法平静。

唯一聊以慰藉的是吴靖文的存在感十分微弱，不知是因为当着小孩的面，还是实在熟稔默契到无需多言。

他问她："喂，梁明月，你让老公带孩子养家，自己红杏出墙，还这么心安理得毫无愧意，你怎么做到的？心理素质怎么这么棒？"

梁明月面不改色："还好吧。"

王丛骏："你知道'恬不知耻'怎么写吗？"

"不知道。"梁明月礼尚往来，回夸道，"你也很棒啊，对自己身份认知很准确嘛。"她扑到他身上，"阿骏，小骏，你一个大好青年，又为什么不学好，要插足别人家庭？"

王丛骏麻木道："因为我泥足深陷，无可救药。"

"为这隐秘的刺激吗？"

"为你。"

梁明月哈哈大笑，在他脸上摸了一把："接得不错，差点就信了。"

王丛骏看着梁明月开怀的样子，只是扯了扯嘴角。他笑不出来。

他每天都在欢愉与焦灼间反复煎熬，心底有座慢慢沸腾的火山。

程文凯有一阵子没见王丛骏，不晓得他搞什么名堂，正想着要不要上门堵人，居然在佳膳看见了他的车。

他心道奇了怪了，这佳膳专做棠城饮食，做得色味俱佳登峰造极，是他最爱来的地方。而王丛骏，要不是他硬拉，是不会主动光顾的。

程文凯仗着是熟客，三两句就套出了王丛骏的包厢号。

佳膳的包厢分布有意做得曲折迂回，生客甫入，若无人引路，就像误入迷宫。

程文凯熟门熟路地绕进去，还在走廊便碰见了王丛骏。

"阿骏！"

王丛骏站在一前一后两道隔断之间，见是他来，往前走了几步："你怎么来了？"

"来找你啊。"程文凯推着他，"走走走，饿死了，你开的哪间？"

王丛骏不肯动："谁要跟你一块儿吃？"

程文凯以迅雷不及掩耳之势冲进了左边的隔断，王丛骏早有防备，在门口就截住了他，砰的一声响，两双手僵持在门把手上。王丛骏脚抵着门框："你发什么疯？"

程文凯笑得不怀好意："你跟谁来的？"

"关你屁事。"

程文凯手下使劲："我好奇啊，跟谁来要这么偷偷摸摸的，阿骏，你这是藏了什么秘密不能跟哥哥说呢？"

王丛骏扳回去："你无不无聊？"

"我今天还就非要看不可，阿骏，要么你让我进去，要么咱俩在这耗着。"

"阿骏，谁来了？"里边传来梁明月的声音。

程文凯笑了一声，一脸的意料之中，他说："我就知道嘛。

阿骏，你在这个坑怕是爬不出来了。"

他松开手，大声道："明月学姐，是我，程文凯，阿骏好小气，不肯让我进来。"

……

挨了王丛骏一记闷拳后，程文凯如愿坐在了两人对面。

"好久不见。"他笑嘻嘻地打招呼。

梁明月坦然地回视他目光中的打量："好久不见。"

她问："你们在外边干什么，动静这么大？"

"没干什么，好不容易见一面阿骏，太激动，没控制好力道。"程文凯抱怨道，"学姐，你不知道现在见他一面有多难。"

梁明月还未说话，程文凯又道："错了，别人不知道，学姐肯定知道，是吧，明月学姐？"

梁明月懒懒地靠在椅背上："怎么，不行啊？"

程文凯愣了一下，他重又看了她一眼，还是那个梁明月，状态却放松不少，居然还会开玩笑了。他大方道："行是行。就是有点伤心，我们阿骏以前没这么薄情的。"

王丛骏："你废话怎么那么多？看也看了，坐也坐了，还不走？"

"我不走，我可还没吃饭！"

王丛骏将 iPad 丢给他："那你就在这儿慢慢吃，我们先走了。"

程文凯一面勾选一面挽留："别走呀。本来也老不见你们冒头，现在又要去哪儿？"

　　"回家。"

　　"回哪个家？"

　　王丛骏在他椅子腿上踹了一脚，程文凯及时稳住，他说："阿骏啊，我都知道了。你就别老想藏着掖着两人躲一边玩了嘛。放心，痴情不丢人，我又不会笑你。"

　　说着不会笑，程文凯的嘴角都快咧到后耳根，王丛骏又要上手，程文凯赶紧转向梁明月："学姐学姐，跟你说个事，马上放暑假了，我们出海玩去不？"

　　梁明月："干吗要带你？"她靠在王丛骏肩上，"我们自己去。"

　　程文凯两边被噎，又见王丛骏偏过头，面上是掩饰不住的笑意，一下伤得不轻。

　　回去的路上，王丛骏随着音乐哼歌，心情挺不错，他问梁明月："什么时候去？"

　　"去哪儿？"梁明月迷茫一瞬又明白过来，"哦，我诓他玩的。"

　　王丛骏脸色唰地沉了下来。

　　他关了音乐，又加大车速，车内陷入一种难言的奇怪氛围。梁明月看着他紧绷的侧脸，叹了口气，她说"你想去可以去啊，我要回去陪潇潇。"

王丛骏车头一拐，突然一个急刹，梁明月猛地扑向前又弹回来，她撑着车门，惊魂未定，王丛骏已压了过来，扣着她的下巴："谁想去？你自己说的要和我去！"

"别在路上发疯！"梁明月眉头紧皱，打下他的手。

王丛骏双手在方向盘上狠狠一拍，刺耳的喇叭声过后，他又朝下泄愤似的踢了一脚。

梁明月冷不丁道："去不就行了？"

她打开车载导航说道："现在去不就行了，干吗这么生气？"她直接定位在邻市临海的一家星级酒店，又推王丛骏，"你自己看啊，两个小时就到了，走啊……"

王丛骏别过身不肯理她，梁明月凑过来："到底去不去啊？王小朋友。"她拇指和食指各戳住他一边嘴角，往上推拉，语气软下来，"好了，笑一个，阿骏，小骏，杵在路边算怎么回事，走吧，海边玩去。"

王丛骏拍开她手，深深看她一眼，将车重新启动。

上了高速之后，梁明月重又打开了音乐。

太阳已经西落，天色却还未完全暗下，几抹红霞叫深蓝夜色压在天际，流动着，加深着，渐渐跌入地面。

王丛骏忽然说："我们来玩真心话。"

梁明月："不玩。"

"你为什么要回雁城来读研？"

"想来就来了，这还要理由吗？"

王丛骏看她一眼，梁明月挑眉以示肯定，王丛骏却不信："你骗我。"

梁明月笑了笑："那你说是为什么？"

"你和吴靖文，你们还有爱情吗？"

梁明月坐正了："你想说什么？"

"你们根本就不像夫妻。"

"你懂什么叫夫妻？再说你又看见多少？"

"我是不懂。"王丛骏挺平静，他今天铁了心要掀锅，"那你说啊！你们相爱吗？"

"我们不是相爱那么简单。"

"哦。"王丛骏点点头，"就是说，你们不相爱。看，你自己都说不出口。"

"你想多了。"

"那你告诉我，要么教教我，怎么同时爱两个人？"

"你就这么笃定我爱你？"

"你又要说耐不住寂寞，说不过找人消遣吗？梁明月，你猜这套说辞我还信不信？"

王丛骏说："你根本就不是。从一开始就不是。你知道他们怎么传你吗？你肯定知道。可是传闻里那么难以接近的明月学姐，居然见我第一面就送上门来。这不好玩吗？好玩

140

啊，所以我鬼迷心窍，忍不住和你纠缠。结果发现他们没说错，你只是对我不一样。不是吗？明月，你只肯让我接近，只对我笑，只跟我好。即便刚睡完被赶下车，也能没事人一样再跟我回家，这样还要说只是玩玩而已吗？梁明月，你真这么爱玩、这么能玩，为什么在学校里形单影只？"

这么长的一段话说完，王丛骏发丝都未晃动半分，他抱了剖白的心思，反而不太敢去看梁明月的表情，只注视着前方被车灯照亮的一段路程，听着周边来自乡间树林的轻响，感觉自己的心跳在一点一点加快。

过了好一会儿，梁明月似乎笑了一笑，答得不太认真："之前不是说过吗，我很专一的。找情人肯定也要专一咯。"

王丛骏也不生气，他又问："那好，那你的专一为什么偏偏只对我？为什么偏偏只招惹我？"

梁明月不说话了。

"你敢说吗？"

梁明月没有办法再玩笑似的轻易张口，她已经察觉到了他问法中的较真，也隐隐发现两人早已走偏了，可她不愿细想。她想王丛骏还年轻，即便是这样，也只是错觉，是被复杂而交叠的情感暂时蒙蔽，她早已忘了，或者刻意忘了有些东西跟年龄毫不相干。但她开始感到不舒坦了，好像用发丝悬了一把剑，又好像做下一件无法挽回的错事。

她斟酌着，话音里的调笑没有了："阿骏，有些事你想岔了。"

　　"哪里岔了？"

　　"不要那么轻易就说'爱'。你看到的，你感觉的，也许根本就算不上。"

　　王丛骏笑了："反正就是不承认。是吧，明月？"

　　"就像你自己，你和那么多女孩在一起过，能说都是爱吗？"

　　"不能，不光不能，她们的脸我已经一张都想不起了。"

　　"所以……"

　　"因为我满脑子都是你。"王丛骏打断她，"梁明月，你不要装傻，你看不出来吗？我满脑子都是你。你对我有多特别，我对你就有多特别。"

　　梁明月闭上眼，整个人都沉了一点，她说："我对你不特别。你真的想错了。"

　　"随便吧。"王丛骏不在乎她的否认，他只是感到失望。失望梁明月一定要将两人定格在这一步，进一点点都不肯，不光不肯，她还要倒着走。

　　她竟然不准他去邵城找她。

　　他问："意思是整个暑假，你都不打算跟我见面了？"

　　梁明月："不要见了。"

　　"好。"王丛骏点点头，看上去毫无异议，心底的火山却濒临爆发边缘。

两人甫一抵达，酒店管家 Jerry 便迎了上来，他看着这对两手空空、一语不发的年轻男女，脸上笑容依旧无懈可击，将人带去办理入住，再引路至房间。

　　路上 Jerry 询问二人接下来可有安排，需不需要帮忙预订，王丛骏一概冷脸拒绝，房门一拍，将他隔绝在外。

　　王丛骏洗完澡出来，梁明月已睡倒在沙发上，他冷眼看了一阵，将人抱去了床上，自己背对着她一躺，不知不觉也睡了过去。

　　睡到半夜，梁明月忽然醒来，她摸过来手机一看，将将过了凌晨一点。她在黑暗中回了会儿神，打开了床头灯，屋内空荡荡的，王丛骏不知所终。落地窗开了一条缝隙，时不时有海风拂起纱帘。

　　她走到阳台上，皎洁的圆月悬在夜空，照得平静海面波光粼粼，弯弯的海岸静悄悄的，偶尔浪打过，跳起高高低低的水花。

　　距她不远的沙滩上，站了一个模糊人影。

　　"王丛骏！"她喊了一声，那人回过头来，朝她招招手。

　　她下楼，绕过曲折小道，要靠近他时，王丛骏却小跑几步，一跃进了海中。

　　梁明月踩在细软的沙地里，眼看着王丛骏越游越远，海面慢慢推来一个巨浪，浪花哗啦落下后，王丛骏不见了。

过了好一会儿，海面依旧毫无动静。梁明月拿不准他是不是跟自己闹着玩，她走近几步，"王丛骏！"她喊了好几声，又警告道，"别开玩笑了！出来！"

只有咸湿的海风在回答她。梁明月一步步走进海中，心中控制不住地有些发慌，她的声音微微发抖："阿骏！阿骏！"

什么都没有。浪卷过她的膝盖，又退至脚踝，梁明月强迫自己冷静，当机立断往回走。

途经一棵高大椰树时，梁明月被一只湿漉漉的手拽走，王丛骏将她压在树上。

梁明月整个人都放松了，她根本没有力气去气恼他的恶作剧。庆幸与后怕一闪而过，她闭上颤动的眼，一动不动地站着。

王丛骏掐她的脸："吓傻啦？"

梁明月慢慢平息下来，挣扎着要推开他，王丛骏不让，他在她耳边轻声道："你该看看你刚才的样子。"

"高兴吗？"

他笑了一声，吻一个个落在她耳边："明月，这样你还要说不爱我吗？"

梁明月被他逼了一路，当然知道他是为了什么。她忽然踮起脚，一字一顿道："王丛骏，我不爱你。"

"闭嘴。"王丛骏堵住她气人的唇舌，旖旎声响被滔滔

144

浪声盖下。

一场暴雨过后，棠城的天迅速阴沉下来。

她说了暑假不要再见面，果然一回邵城便如泥牛入海。

王丛骏独自坐在黑暗中。

占据了整面墙的影幕上播放着无声的黑白影像，这样短的一段视频，他已经反反复复，看过不知道多少次。

金源每年花了大价钱在安保方面，监控视频哪怕放大数倍，画中人的面目神态依旧清晰。

他看着梁明月一次次奔跑、摔倒，看着她的眼中只有他，说不清是被抚慰，还是快被心口难填的沟壑吞噬。

周琪儿的"万家灯火"开了四月有余，吴靖文从未带着潇潇光顾过，还是梁明月回来，三个人才挑了个周末去吃午餐。

周琪儿穿一条 V 领长裙，妆容明艳，老早等在门边，一见着他们便笑开了颜，她亲了亲潇潇，又拉着梁明月自夸道："看，位置是不是绝佳？"

梁明月点头。

这儿紧挨着江边，是栋明清风格的独立小楼，红砖一铺，檐角一飞，格外赏心悦目。

单从外看，像亭台楼阁，顺着台阶上去，又是另一番红彤彤的热火朝天了。

周琪儿将他们带到二楼靠窗处，一人面前摆了本菜单，潇潇拿到的要小一些，附了丰富的图片，甜点小食居多，是儿童专属版。周琪儿和潇潇坐在一块儿，嘀嘀咕咕地帮他出主意。

服务员立在一旁，为他们一一勾选完便下楼去了。

梁明月："你每天都待在店里？"

"最近不用了。"周琪儿跷个二郎腿，眉飞色舞的，"我发现回来可真好，做什么都有人帮忙，就睡觉有人递枕头的那种感觉。哎呀，别提多爽了。"

吴靖文："那当然了，你哥哥姐姐都在邵城，干什么都畅通无阻，有事没事还有你姐夫过来给你对账，谁有你省心？"

周琪儿大言不惭道："那还不是我会投胎，白捡的嘛？"

梁明月："你爸妈来不来？"

"偶尔会带朋友来，说来也怪，我这次回来，好像不怎么惨。爸妈变得好说话很多，再也不会说两句就砸锅子砸碗。"顿了顿，她心有戚戚道，"不过我还是没敢在家常住。承受不了。"

吴靖文嗤笑一声："不好说话还能怎么办，你以为他们还有多少个五年跟你耗？"

周琪儿丢过去一个果壳："用不着你多嘴。"

几个人吃到一半，楼梯口走上来一个穿着背心短裤、胡子拉碴的男人。他头发乱蓬蓬的，好像睡醒没多久，径直朝他们的座位走来，周琪儿背对着没看见，吴靖文则眼看着他的大掌落在周琪儿浅紫的头发上，揉了没两下被周琪儿拍开：

"说了别碰我头发！你耳朵长着当摆设的是吧？杨鑫！"

杨鑫哈哈哈笑开了，丝毫不见外地从隔壁桌提了把椅子过来坐下，将手往前一伸说道："你好啊，吴大律师，我是杨鑫，三金鑫，隔壁开影院的。"

"你好。"吴靖文放下筷子，客气地回握。他略有些疑惑地打量这个男人，"我们认识吗？"

"没有。不过经常听琪儿说起嘛，就记住了。"他依次跟明月、潇潇打招呼，"Hello，梁老师，Hello，潇潇。"又往桌子上看，"哇，好你个周小琪，我来吃怎么没见送这么多好东西上来啊？添双筷子来——"

"喂，还要不要脸了？"

杨鑫又爽朗地笑了："逗你的，我吃了饭来的。"

"来干吗？"

"听说你请客，来看看热闹嘛——"杨鑫拖长了音。他凑近了点儿，指着周琪儿脸颊，"溅上油了。"

周琪儿直接仰起脸："擦擦。"

杨鑫抽一张纸巾，扣着她下巴帮她细细擦去。吴靖文手中筷子啪的一声落了地，几人的目光都投向了他。

杨鑫："怎么这么不小心？"

吴靖文将筷子捡起，服务员早已递上一双新的，他面不改色地拿出，又抽了几张纸巾递给潇潇："慢点吃，满嘴都是油。"

潇潇瞪着大眼睛，嘴唇油嘟嘟的，还在不停地倒吸冷气，几个大人都笑了，周琪儿帮他擦去额头上小小的汗珠："辣不辣，好不好吃？"

潇潇一个劲儿地点头，他碗里的东西都是梁明月夹出后在清汤中漂过一遍的，依旧威力十足。

杨鑫："等会儿吃完，去我那儿玩玩，我进了十多台娃娃机，包你抓到爽。"

"好好好。"周琪儿兴奋地应和。

吴靖文吃东西的速度慢下来，他看一眼杨鑫，梁明月看一眼吴靖文，杨鑫察觉到，一笑，问道："梁老师要不要来玩？带潇潇一起啊，给你们开至尊VIP。"

梁明月："好啊。"

吃到最后，只剩潇潇还在慢吞吞地喝牛奶。周琪儿已经按捺不住，杨鑫离开后又回来，看周琪儿猴急的模样觉得好笑，他说："要不我们先去，待会儿吴律师再带着潇潇过来。就在隔壁。"

周琪儿立马站起来："走走走，明月，来来来。"

梁明月对娃娃机没什么兴趣，但她有事要问周琪儿，便跟着起身。

三个人前后走了，潇潇晃着小腿，一点看不出靖文叔叔的心不在焉，他打了个嗝，左右看看："叔叔，我想上厕所。"

"叔叔——"

等在门口的吴靖文走进去："怎么了？"

"我拉屁屁了。"潇潇有点不好意思。

"我先去拿纸，你好了就叫叔叔哦。"

"嗯。"

吴靖文拿着一盒湿巾，在门口站了好一会儿，也没听见潇潇叫他。

他试着喊了一声："潇潇——"

无人回应。

他立马冲进去："潇潇！"虚掩着的几间空无一人，锁着的两间依次打开，出来两个莫名其妙的男人。

吴靖文心一下子沉了下去，他又冲出来。

小楼上下找遍都不见潇潇人影，吴靖文立马给梁明月打电话。

梁明月和周琪儿赶过来时，吴靖文正在前台查看监控。

他再抬头时，双眼直直盯着梁明月，里面有洞穿的了然，有冰冷的质问，还有几分匪夷所思。

"看到去哪儿了吗？"周琪儿火急火燎地绕过收银台。

他让到一边，拉回进度条，短短的几十秒，看得两人僵立在原地。

甚至都不用放大，高清的镜头下，抱着潇潇离开的男人再清楚不过了，正是王丛骏，他优哉游哉的，还朝着摄像头笑了一笑。

周琪儿这下真如五雷轰顶了，梁明月在一旁紧皱着眉，不知在想什么，几个人山一样沉默着，反而是收银小妹小心翼翼地问："要报警吗？"

"不用。"梁明月回过神来，立刻往外走。

她掏出手机要打电话，却发现不知何时收到了一条短信，发件人王丛骏，只有短短的三个字：来棠城。

她回拨过去，提示用户已关机。

周琪儿："他说什么？"

"关机了，让我去棠城。"

"去什么狗屁棠城！明月，我们报警吧。他这才走了多久，分分钟就能追回来的！"

梁明月却慢慢冷静下来，她想了想，说："不行。"

周琪儿狠狠跺了一下脚："梁潇予脑子里是不是少根筋啊？这都能让人抱走！"她猛地推了一把吴靖文，"你怎么看的小孩？眼皮子底下都看不住！"

吴靖文目光如炬："你也知道？"

周琪儿噎了一下，眼神飘开。她抓着梁明月："怎么办啊，明月，他发什么疯，为什么要把潇潇带去棠城？他是不是知道——"

梁明月回握住她的手："冷静点，周琪儿，你别乱，带去就带去，没什么大不了的。"

周琪儿呆住了，她急道："不是，傻明月，你到底在想什么，真让他抱着潇潇去棠城，你当心要都要不回啊！"

"不会的。你听我说，潇潇要带回来。但棠城那边，我也得去一趟。"

"我和你一起去。"

"不用。"

吴靖文一直在旁边冷眼看着，此时才开口："梁明月，你就这么做了决定，是不是也要给我一个解释？"

梁明月深深看他一眼："阿靖，等我回来，再一五一十跟你说。"

"好。"吴靖文慢慢道，"梁明月，你可要记住你说的话。"

"别担心。"她给他一个安抚的笑，"没什么好担心的。真的。"

梁明月一走，吴靖文便盯住周琪儿，周琪儿看天看地看风景。

她不愿说，吴靖文便不追问，他嗤笑一声："我走了。"

"哎。"

吴靖文停住："怎么？"

"没有……你去哪儿？"

"回家。"

"哦,那拜拜。"

吴靖文点点头:"再见。"

没想到这个"再见"短得离谱,不出两个小时,周琪儿便又出现在吴靖文家门口。

她说着废话:"明月和潇潇回来了吗?"

吴靖文:"你觉得可能吗?"

"……不可能。"周琪儿欲盖弥彰地在脖子边扇扇风,"好热,你先让我进去嘛。"

七月的邵城日日艳阳高照,在不通风的楼道里站着,像走进一个不断升温的蒸笼。

吴靖文给周琪儿倒了一杯冰水。

"真贴心。"周琪儿接过,一气喝完大半。

"你到底来干什么?"

"来给你传道解惑啊。"

"他是谁?王南嵘的弟弟?"

周琪儿差点呛水,一上来就这么直接的吗?

"是。"

周琪儿挑拣着说了一些自己知道的。

吴靖文越听脸色越来越黑,他问她:"你不告诉我就算了,就由着她这么胡来?"

周琪儿缩缩脖子，小声说道："我也只知道这么一点，再说了，告诉你又怎么样，你能拦住她？而且明月一直说——"周琪儿顿了顿，接下来要出口的话，她自己都不相信。

"说什么？"

"说两个人只是玩玩而已。说王丛骏和他哥很不一样，只是个贪新鲜的花花公子。"

吴靖文看她像看傻子："玩？多好玩能明知道明月有小孩，还特意过来把人孩子拐走？多新鲜能玩一年？"

"干吗这么凶……我也担心啊。可是你看到明月那个样子，你就知道了。"

吴靖文沉默了，他将目光转向别处，嘴唇越抿越紧。

周琪儿："你一点都察觉不到吗？"

"我哪料到她这么疯？"

周琪儿忧心忡忡的："怎么办，这次明月玩脱了，王家如果知道，不会放任不管的。"

好半晌，吴靖文才说："不是玩脱，是回不了头了。"

周琪儿懵懵然："什么意思？"

"原本我劝明月回雁城，是想让她……"想让她重回故地，想让明月在她和王南嵘朝夕相伴的旧空间里真正走出来。

他万万没料到雁城有个和王南嵘如此相似的人，反将明月越拖越深。

他比任何人都要了解梁明月，他知道在她眼中，二十岁的王丛骏一定与她记忆中的恋人重合了，可她心里又能清楚地分辨他们的不同，最终清醒又糊涂地走到今天这一步。

"你想让明月做什么？把话说完啊，"周琪儿侧过头来，认真地看着他。她在声色犬马中浸淫多年，举手投足都经过精心设计，知道怎样的自己最好看。可此时坐在多年的白月光身边，技巧被尽数忘却，她好像又成了几年前，或者十年前那个莽撞跳脱的女孩，莹润的眼眸清得能映出倒影，吴靖文脑中飞速窜过几个片段，一下子卡了壳。

"说啊……"

"不必说了。你会知道的。"

周琪儿不像他，这几年亲眼看着梁明月的变化，所以她不明白。他也不必说明白。

周琪儿撇了撇嘴："喊，吴靖文，我发现你当了律师之后，越来越会打机锋了。"

"你长点脑子长点心，就不用什么都问我了。"

"有没有搞错，明明先前是你在问我，好吧？"

吴靖文不接话，周琪儿就逗他说："哎，吴靖文，你觉不觉得你上了大学之后，伶牙俐齿了很多啊，尤其是针对我的时候，战斗力特别强。想当年你在一中，那可是整天整天闷不吭声，一言不合转头就走的。法学系这么锻炼人的吗？"

"我问你一件事。"

周琪儿心跳莫名漏跳一拍，不知是为了他忽然正式起来的语气，还是为他逼近的脸。"问吧。"她大手一挥，装腔作势道。

"那天晚上是不是你？"

她扯起来的虎皮噗一下，扎破的气球般瘪了下去，连带着心脏都狂跳起来，她说："什么？哪天晚上？"

"我和明月领证那天晚上，是不是你？"

"不知道你说什么。"

"笑不出来就别笑了。要给你个镜子吗？笑得比哭还难看。"

周琪儿低着头，坚持道："不知道你在说什么。"她起身，"我走了。下次见。"

"你是不是因为我，这几年才不回邵城来？"

"你想多了。"

周琪儿快步往外走。

"你走什么？"

吴靖文三两步抓住她手腕，将人拽回沙发上。

他看着她："周琪儿，我既然问了，就不会由得你这么走掉。"

周琪儿不挣扎了。

吴靖文笑了一声："你当年做都做得出来，怎么现在又这么没出息，问一句就要落荒而逃。"

周琪儿别开头："那是一桩意外。"

"是不是意外，你我心里都清楚。"

"清楚？"周琪儿声音里带了哭腔，"清楚你还装这么多年傻？"

这项指控吴靖文无言以对，他将抽纸盒放在她膝上："对不起。"

周琪儿彻底哭了出来，好像有天大的委屈。

吴靖文硬着头皮道歉，为这生平第一次见的画面十分无措。

从他认识周琪儿起，她一直嚣张跋扈，他对她能避就避，她也看他不对盘。可是不知道从哪天起，周琪儿在他面前忽然变得透明起来。

他知道她为什么总故意跟他呛声，为什么总对他张牙舞爪，又为什么总问他在干什么或有没有时间。他冷眼看着她像个傻子一样用各种通信工具围着他问了四年，却从来不敢真的来找他。

他也不怎么放在心上，只当周琪儿一时兴起，毕竟她身边男友不断。

领证那天是个平平常常的周一，他和梁明月分别之后回到律所，晚上请了朋友吃饭，可能心情到底不够平常，他喝了不少的酒。

后来在他家，怎么发生的，发生了多少，他很难再说清楚。但他记得有，记得是周琪儿。

　　可是周琪儿跑了，还做出一副此生不回邵城的姿态。

　　他便以为这就是她的表态，心中竟暗暗觉得如释重负。

　　他叹了口气，柔声道："好了，别哭了。"

　　周琪儿大概觉得丢人，哭泣早就止住了，只是眼泪总擦不完。

　　她说："谁哭了……你个大渣男，你今天是干什么呀？非要问，你有什么好问的……"

　　"对不起。"吴靖文徒劳道。

　　"算了，我也没资格说你，我有什么资格说你呢。"

　　其实周琪儿心里知道，知道吴靖文对她毫无好感，所以大学整整四年，她一直没有胆子做点什么，想着能继续当朋友也还不错。哪承想一毕业，却突然被告知他和明月结婚，她吓呆了，即便知道前因后果，知道不得已，还是辗转反侧，无法甘心。然后……一时冲动做下错事。

　　那夜过后，她觉得自己卑劣又无耻，所以逃得远远的，再不敢回来。

　　想着想着，她鼻腔一酸："吴靖文，你知不知道睡你一觉，给我带来多大的心理负担。"

　　"什么负担？你不是早就知道吗，我和明月是怎么一回事，知道我们早就拿了离婚证。"

周琪儿噌地转过脑袋看他："你们拿了离婚证？"

吴靖文惊讶道："你不知道？"

她不知道，她从哪里知道？

"明月没和你说？"

周琪儿："我没问过。"她哪里敢问，她在明月面前从来不提吴靖文。

她问："什么时候？"

"潇潇出生满一年，就去办了。"

周琪儿完全不知道，她看着面色平静的吴靖文，忍不住问："谁提的离婚？"

"什么谁提的？本来就只是为了潇潇，领证前就商量好了。"

周琪儿回顶一句："可是你心里不是这么想的。你当我不知道。"

吴靖文没有反驳。

坦白讲，梁明月于他意义非凡，她是他年少时喜欢的女孩，是他的星星。但他没想过要和她在一起，看着她发光就足够了。

后来星星遇见了另一个耀眼的男孩子，他也有过不甘，那股不甘催生他源源不断的意志，去尝试和突破生命中别的不可得。

可是某天他回头来看，忽然发现，梁明月还是他的星星，却不再让他内心焦灼。他终于可以平和地看待自己，看待她。

他把自己放在亦亲亦友的位置，理所应当地在那个时刻站了出来，和明月去领了证。

　　他很愿意给他们依靠，也确实存了心思想照顾梁明月母子余生。

　　但梁明月这个过河拆桥的人，时间一到，半天不带耽搁，就拉着他去把离婚证扯了。

　　"你想听我怎么说？"吴靖文看着周琪儿，"我是想照顾他们，但不是非要以丈夫的身份，这点我们早已达成共识了。再说你，周琪儿，你老实讲，你半年前选择回来，是不是因为知道了王丛骏和明月的事？"

　　当然是。见了王丛骏以后，周琪儿终于彻底明白，吴靖文和梁明月之间为什么不可能。所以她飘不下去了，她要回来。

　　周琪儿开口："不是。"

　　王丛骏第一次"拐"小孩，"拐"得易如反掌手到擒来。……不对，他本来也没想把人带走，蹲下看那小孩，不过出于好奇，没想到小孩比他更好奇，张手就要抱。

　　王丛骏对他的热情无动于衷，他袖手在他雪白的小脸上瞧了几秒，起身欲走，哪承想这小孩非但不怕生，脸皮还厚得很，一把就抱住了他的大腿。

　　王丛骏低头，潇潇已经把全身重量都挂了上来，他仰着

159

小脸，下巴磕在他腿上，喊了一句："爸爸。"

王丛骏身形一僵，他深吸一口气，捏潇潇的脸，气道："你是脸盲吗？你爸有我帅？"

潇潇不说话，忽闪着乌黑的大眼睛，脸都变形了还是漂亮得过分，五官从某个角度看去和梁明月像极了，王丛骏雾蒙蒙的心又往下荡了几分。

他将潇潇抱起，畅通无阻地出了"万家灯火"。

"爸爸，我们去哪里？还没跟妈妈他们说呀！"

"说了。你妈妈会来找你的。我们玩捉迷藏。"

王丛骏就这么顺风顺水地把一个素未谋面的小孩"拐"到了千里之外。当然，一路上要多亏了梁潇予的配合，他安安静静、不声不响的，好像王丛骏身上一个乖巧的挂件。即便辗转了这么远，又被放在了一个完全陌生的环境，他也丝毫不显得惶急害怕。

他端端正正地坐在一边，左右看看，一点不乱动。

王丛骏越看越觉得神奇。他真是不知道梁明月家到底怎么教的小孩，往好了说是镇定自若临危不乱，往正常了说是心大到没边，识人不清天真"单蠢"。

还小小年纪就是朵天赋异禀的交际花，他不过上楼转了一圈，再下来时，梁潇予已盘腿坐在了地毯上，旁边紧挨着的是程家小独苗程涵方，两人有问有答的，正和乐融融地玩

160

着娃娃。

"小骏叔叔。"程涵方朝他招手。

"你是他爸爸吗？"程涵方好奇问道，"他说是爸爸带他来的。"

王丛骏应声道："我是他未来后爸。"他问程涵方，"你们家人呢？"

程涵方掰着手指头："爸爸上班，妈妈陪太婆出去了，叔叔和姑姑刚刚还在呢。"

小涵方目光一飘，小小地"啊"了一声，王丛骏往旁一闪，从沙发后蹿出来的程文凯便扑了个空，还反叫王丛骏在他身上踢了一脚。

程文凯顺势倒在地上，去找程涵方算账，他在她额上弹了一记："你个小没良心的，还知道通风报信了。"

程涵方吐吐舌头，见程文凯盯着潇潇，便主动殷勤介绍："他叫潇潇，是小骏叔叔的儿子。"

程文凯扑哧笑了："是吗，我怎么不知道？哎，阿骏，几天不见，你儿子都这么大啦？"

他躺在地上，看玩具一般看了会儿小男孩，看着看着坐了起来。

程文璇端了碟水果走过来："你们说谁的儿子呢？"

"阿骏的。程文璇，你快来看，还真有点像。"

潇潇抬起头，看着几个莫名其妙的大人。

程文璇看看小孩，又看看王丛骏，奇怪道："别说，真的很像啊，尤其眼睛和鼻子，哇，这小孩哪里来的？"

王丛骏："路边捡的。你们眼睛是不是有问题？"

程文凯："阿骏，事到如今你就别再骗我们了，这其实是你流落在外的私生子，对不对？"

王丛骏懒得理他，转身要走。

程文凯拖住他大腿："别走，先说清楚，什么时候的风流债？"

程文璇问潇潇："你今年几岁啦？"

潇潇："五岁。"

程文凯凑热闹不嫌事大："我算算，十四岁——那也完全可以了，阿骏，你真是一鸣惊人！到底是和谁——"

程文璇都听不下去，往他脑袋上拍了一掌："差不多行了啊，什么乱七八糟的，两个小孩在这儿你没看见啊。"

她走之前又看了潇潇一眼，小声嘀咕道："不过还真是挺像的。"

她追上王丛骏："你在哪儿捡的，怎么不报警？"

"他妈等会儿就来接。"

"你什么时候这么好心，还帮人看小孩？不对，你从哪儿认识的已婚妈妈？"

"马路边。"

"你就瞎扯吧，他妈妈几点来？"

"我怎么知道？"王丛骏烦躁地停住脚，"姐姐，你能不能别跟着我？"

　　程文璇气不打一处来，捶了他一拳："谁跟着你了？这是我家！"

　　王丛骏不看她，往他的惯用沙发里一窝，戴上耳机。

　　程文璇气呼呼地上楼了。

　　这个下午对谁来说都格外漫长。有人终于捅破窗户纸，有人在机场静坐好几个小时，有人怀疑旁边某个玩得风生水起的小孩不是梁明月亲生的。这太阳都下山了，哪怕造飞机也该到棠城了，他的手机为何依旧毫无动静。

　　程文远一进家门，小涵方便扑了上来："爸爸！"

　　程文远抱着宝贝女儿转了一圈，又结结实实亲了好几口才放下。他一边往里走一边解袖扣，看见不远处坐了个小男孩，随口问了一句："那是谁家的小孩？"

　　小涵方正急着要说，被她姑姑抢了先："王家的！"

　　程文璇还生着王丛骏的气，语气冲得很。

　　程文远："谁又惹你了？哪个王家？"

　　小涵方赶紧补充："是小骏叔叔，潇潇是小骏叔叔的儿子！"

　　程文远听了也不当回事，他捏捏小涵方的脸："你小骏叔叔都没结婚，哪里来的儿子？别听你姑姑胡说。"

程文璇："哪里是我胡说，人家潇潇自己认的爸爸。而且……"她拽着程文远的手拉过去，"哥，你自己看，和王丛骏像不像？"

程文璇心里知道不可能，她完全只是当个新奇事硌硬一下王丛骏。她的孪生弟弟就不一样了，程文凯状似无意地站在一旁，双眼却一眨不眨地盯着哥哥的反应。

程文远看了小孩一眼，解领带的手停住了。

这小孩太会长了。除了像他爸爸，还巨像另一个故人，站在熟悉他父母的人面前，一眼便会被认出来。程文远稳住心神，脑海中擦过几个画面，是程文璇程文凯聊天时无意提起过的，王丛骏被个大好几岁的女人迷得七荤八素的事。零碎片段拼出点难以置信的狗血剧情。程文远垂下眼眸，掩下震惊神色。

他说："还好吧，有一点像。"随即转身上了楼。

不过短短几秒钟，程文凯将哥哥的反应尽收眼底，他忍着不去看阿骏，心中却噼里啪啦响了好几个雷，雷声未歇，被自家哥哥扫了一眼。

"你跟我上来。"

两人一前一后消失在廊道拐角，程文璇就近在咫尺，当然察觉到了异样。

王丛骏坐在不远处的沙发上，戴着耳机仿佛无知无觉，却在程文璇也上楼之后，走到了潇潇面前。

他半蹲着端量潇潇的脸，又抱他到盥洗室的落地镜前，在镜中看两人的五官眉眼，看着看着，他的心好似被人轻轻挠了一下。

他从程家出来，拐个弯往自家别墅走。

平时几分钟的距离，在这个傍晚似乎格外遥远，他的脚步越来越快，推开大门径直走向哥哥房间。

哥哥王南嵘的房间在二楼，自那日之后就再无人问津。谁都没有勇气再去打开。他的房间原本与王南嵘相邻，后来再不肯住，搬去了三楼。

此时重返心中禁地，王丛骏已无法分辨是什么情绪占了上风。

几乎击垮他整段青春期的伤痛被他小心翼翼埋得太深，没有办法在推门的那一瞬回笼。可是在看见半点不曾变动的屋内摆设，看见沉默的床与书桌后，缠绕着他的力量被一点一点抽去。

他闭了闭眼，克制内心掉头就走的冲动。

他还有事情要证实。

他往一旁占据了整个墙面的定制书架扫了一眼，目光定住。在一众以城市命名的分区标签中，有一条长长的、以行书写就的诗句格外打眼。

当时明月在，曾照彩云归。

王丛骏随手抽出一本，掉出来几张轻飘飘的素描。他捡起来，看见上边的梁明月。笑着的，无表情的，带点狡黠的……画中的双眼灵动极了，仿佛穿越了时空在温柔看他。哦，看的不是他。

王丛骏的心底冰凉一片。

他坐在地上，一本一本，慢慢地，仔仔细细地，将画册全部翻遍。

梁明月的十七岁到二十二岁，他一页页翻过，一页页旁观。每过一张，便有一把刀插在他心口。

画册中偶尔会出现几张拙劣稚嫩的手稿，画的是他哥哥。画纸的角落或背面，偶尔记载着几段当时的心情和对话，飞扬的笔迹，鲜活的日常。

其实他已经信了，早就信了，在程家，在程文远的故作镇定中就相信了。他只是需要铁证。渴盼着还有一丝能推翻的希望。

毕竟真相太荒谬好笑了。

王丛骏的身体寒成了冰窖，这一击太重太沉，他连站起来的力气都丧失了。

他蜷曲在地上，双手捂住脸，想起来很多事情。

他真真切切地想起，他确实去过邵城。那是一个新年，他缠着爷爷，要去找哥哥。父母一直忙得不像话，他跟着爷爷在棠城，只有哥哥会时不时飞回来，给他买最想要的礼物，带他出去疯玩。

他想起和梁明月相逢后相处的点滴，想起她的言不尽意，想起他像个笑话般笃定她爱他……他不愿再想了。

他也能看见明天，看见未来，知道事情会怎样发展，知道他马上就要真正失去。或者已经失去了。

程文远在潇潇口中问来梁明月的联系方式，约她见面。

等在咖啡店，思考怎样措辞时，程文远眼前难免浮现往事。

他第一次知道梁明月这个名字，是陪王南嵘到邮局寄东西。

王南嵘是个很浪漫的人，秋天捡起的第一片落叶要寄给梁明月，冬日清晨，在雪地上画的画要拍给梁明月。

程文远每每看见都叹为观止，总趁他不注意抢他信封。

信封里有时候是长长的信，有时候是一幅画，还有的时候，就只装了他的一句思念。

那年王韬和高漫云被调来负责邵城的古建筑修复，自小跟在父母身边走南闯北的王南嵘便也转来了邵城一中。

王南嵘大方健谈，爽朗爱笑，成绩长相样样出色，不出一周就成了校园里的风云人物。男生们勾肩搭背邀他打球，胆大的女孩们围着他东拉西扯，仿佛天生就带了好人缘，走到哪儿都十足受欢迎。

同班的梁明月就是另一个极端了。

两人第一次打交道是在一个周一，陈晨嬉皮笑脸来求他："南哥，帮帮忙，江湖救急。"

王南嵘头也未抬："讲。"

"帮我收个作业。"

陈晨手中是一沓齐好了的物理试卷，竖起手指小心指向最后一排近门的座位，王南嵘侧身看去，看见一个低着头不知在写什么的女生。

他奇怪道："你自己去啊。"

"我不敢……"陈晨苦着脸，以只有两人能听见的声音飞速道，"她这都好几天没来上学了，说不定一张卷子没写，可是蒋老师又说只要她一来就必须把她卷子收上去，哎呀，我要怎么说呢？我怵得很。"

王南嵘起身走了过去。

"同学。"他敲敲她的桌面。

梁明月停笔，抬头，无表情地看着他。

他扫了一眼她手下按着的英语测验，以及测验下压着的尺寸不一的各科试卷，想起这几天从后门进来时确实注意到这么一张堆满试卷的空课桌。原来是有主的。

他问道："你之前发的试卷写了吗？陈晨让我来收一下。"

梁明月从抽屉里拿出来一沓，往前一推："哪张？"

"都给我吧。"王南嵊接过去。他还想再说点什么，梁明月已经低下头继续读题了。他便转身回去。

　　陈晨已经兴奋难耐，待他一坐下便倾身过来："怎么样？"

　　"都在这儿啊。"王南嵊翻动着手中的试卷，"基本上都写了。"他看着看着速度慢了下来，发现这人不仅写了，正确率还奇高，解题思路清奇又简明，漂亮得不像话。

　　他去看她的名字，清隽有力的三个字：梁明月。

　　"没问你这个，我问你她好不好看？"

　　王南嵊茫然了一瞬，悟道："哦，原来你……"

　　"打住啊，我可没那胆子。"陈晨余光瞟见蒋老师已施施然出现在走廊，立马转回去，还丢下一句，"下次跟你细说。"

　　再有交集是在一个周日，他从画室出来，骑着自行车大街小巷乱转，就那么碰巧，在一棵树下撞见了同班同学梁明月。不过说实话，当时那种情况，想注意不到她也难。

　　她在打电话。一边说一边大发脾气，声调不自觉地就高了起来，惹得路人都要侧目。王南嵊离得远，只能看出她怒意升腾，听不清讲了什么。

　　梁明月突然将手机往地上狠狠一摔，这样还不解气，一脚踢出去老远。

　　他立在原地，不知这时要不要过去，再看时却见她抬手在抹眼泪，抹了几下转身上台阶，进了一个大型汽车站。

王南嵘想起陈晨给他"科普"过的关于梁明月的叛逆行径，又在脑海中闪过数个社会新闻的标题，想了想，跟了上去。

汽车站内根据目的地划分了十多个窗口，每个窗口前都排了人，熙熙攘攘人来人往，拿了票便大包小包转去与大厅仅有一道铁栏杆相隔的候车厅。说是候车厅，其实不过是一眼便能望尽的，摆了十几排彩色塑料椅的有限空间。

屈指可数的几台吊扇在头顶呼啦啦地吹着，除了一些精力旺盛的小孩还在活跃奔跑，成年人大多面色疲惫，懒洋洋地窝在燥热的空气里，对小孩的怒斥都显得软绵绵的。

王南嵘环顾一圈，特意等了等，才排了上去，这样他与梁明月之间便还隔了一位高壮的青年。随着队伍缓缓向前移动，王南嵘抬头研究了一下班次和沿途站点，每个名称都很陌生，不，这整个体验就很陌生。他索性不看了，轮到他时便直接照着梁明月的说辞说了一遍。

离发车时间还有半小时，梁明月并不打算在候车厅等待，她直接过检去了站台。

王南嵘跟进去后，感觉自己又开了一番生面，里边已经停了好几辆去往别处的中巴，矮矮的，灰扑扑的，载满了人往外驶时居然还摇摇晃晃的。

他看了一眼小票上的"砚山"二字，径直走往指定的站台，那儿已经等了一些人，梁明月站在人群右侧。

他在人群中站了一会儿，发现一件不太妙的事，为什么人越来越多了？多到他深深怀疑一辆中巴是否能装下。

这时，门口开进来一辆空车，隔壁站台的人定睛一看，哗啦啦全跑了。那车还未完全停下，就已被层层人潮包围，人群甚至簇拥着还在开的车跑了半圈。车速一降，就有人扒窗户跳了进去。

折腾了好一阵，车外的人各显神通挤上去大半。只剩一小群慢一着的乘客围着车不甘心地徘徊，眼看着里面是挤不进一条"沙丁鱼"了，便只好回来开始新一轮的等待。

王南嵘被这个前所未见的架势震住了，他生出一股危机感。

实战时他先看向梁明月，梁明月却直接朝无门的那侧跑，于是他知道了，她也是个跳窗党。他犹豫了一下，还是硬着头皮往车门挤，费了好大一番功夫挤上来，汗涔涔地坐下时，才惊觉他甚至还有个座位。

他往后看，梁明月已在倒数第二排坐好。

车悠悠地往城外开，越往外车辆越稀少，楼房也越来越低矮，有风倒灌进车内，方才的紧张气氛过去，大家都放松下来。

一路上经过热闹的小镇、闲适的村落、静谧的山林，又是村落、小镇、密林，不断有人下去，有人上来，渐渐地，车上空出了不少位置。

不知开了多久，车子"轰啦"停下，售票员用方言喊了一嗓子："砚山到哩呀——"

王南嵘不远不近地跟在梁明月身后，看着她拐进一条乡间小道，又走了一阵，消失在一栋红砖楼房的墙后。

他依旧不紧不慢地走着，过去时，梁明月果然在等他。她双手抱胸，倚着墙，一脸不耐烦地问："你跟着我干什么？"

王南嵘掏出她百般蹂躏后也只是脱落了一个按键的诺基亚，递过去："还你。"

梁明月接过去，笑了一声，抬臂一挥。

"哎……"王南嵘的制止毫无用处，手机还是落进了不远处的池塘。

他说："这么扔污染环境。"

"那你去捡回来。"

王南嵘："……"

看着他吃瘪的样子，梁明月心情舒畅了一点。她勉强耐着性子说："你现在原路返回，还能坐刚才那辆车回去，再晚点小心叫天天不应，叫地地不灵。"

"你不回去？明天要上课。"

梁明月莫名其妙，不再跟他废话，顺着小路往前走。

王南嵘又问了一句："你要去哪儿？回家吗？"

没有回应。他想她走得这么轻车熟路，大概真是回家。他应该掉头打道回府。可不知为什么，他看着她的背影，又不是很想就这么走掉。犹豫得入了神，一时没留意脚下，一跤摔进了旁边的农田里。

　　梁明月回头，王南嵘手撑着稀泥站起来，与她一对视，却见她没忍住笑了起来。

　　王南嵘摸了摸鼻子——其实刚刚摔下去时他是试图力挽狂澜的，哪承想错估了泥巴的湿滑，反而跌了个实打实。

　　梁明月走过来，嘲笑道："你几岁了，路都走不稳？"

　　王南嵘面不改色，也不介意自己的狼狈样了，双手一摊："同学，借条裤子换一换？"

　　梁明月给他扔了条吴靖文的长裤，待他换好后又下了逐客令："门后边有塑料袋，把你东西装好就赶紧走。"

　　王南嵘方才在门口的小池洗手时，就已将四周打量了一遍。这离聚居的地方，不，甚至连农田都还有一段距离，他跟着她一路上来，走着走着，周围便只剩下遥遥分布的零星几处小房子。

　　等到终于踏上脚下所踩的平整空地，不用梁明月说他也知道到了。毕竟除了眼前两栋并肩而立的红砖房，再往上已是无边的山林。

　　其实说"栋"不太恰当，因为只有一层。王南嵘在心中默默想。布局也十分一目了然，三条六间屋，正中靠前的充当客厅，王南嵊此时便坐在"客厅"四方桌旁的长木凳上。

桌上摆着茶壶和杯子，一盏台灯，以及梁明月刚刚拿出来的试卷。王南嵊移过来看了看，最上面的英语试卷，她已经做了一半。

梁明月再进来时，见他还在原地，眉头一皱正要说话，王南嵊朝她招招手："同学，你这里做错了。"

"He is a man of few words, and seldom speaks until …"

他指着题已经讲了起来，梁明月在他旁边坐下。

"其实很简单，until spoken to 是 until he is spoken to 的省略……按英语习惯，一些表示时间、条件、方式等的状语从句，若其主语与从句主语一致……"

梁明月听明白了，王南嵊又给她讲了一题，讲完又讲了一题，几题过后无题可讲，他便停了下来，敲了敲卷面："梁明月同学，你不给我倒杯水喝吗？"

梁明月拿起杯子转身出去，开水龙头接了杯水，往他面前一放，语气还算友好："井水，可以喝的。"

王南嵊没动，半天憋出一句："不能喝生水的。"

梁明月喷一声，拿电热水壶出去接满，插好插头烧上。

等待水开的时间里，梁明月抬头看了一眼挂钟，又颇为遗憾地看着王南嵊。

"干吗？"

"你现在走不掉了。"

"什么？"

"最后一班车已经走了。"

"哦。"王南嵘不太在意，他问，"你一个人住这里吗？"

"怎么？"

"能不能借住一晚上？"

"不能。"

王南嵘默了默："好吧。"他说。

慢慢喝完一杯热水，王南嵘拎起地上的塑料袋往外走。一直到走出门，要下坡的时候，才终于听见梁明月出声："你准备去哪儿？"

他回头，梁明月倚在门边，脸上挂点笑，好像很知道他心里在想什么似的。他答得很坦荡："去街上，总有回城的车坐。给钱就行。"

"坐黑车啊，你不怕被卖了？"

王南嵘耸耸肩："看运气咯。"

"你到底干吗跟过来？"

"好奇啊，想知道你要去哪儿。"他没料到她是来乡下，也没料到她家在乡下。听陈晨的说辞，梁明月明明是个娇惯任性、我行我素的大小姐。

"哦——你看见我打电话了，以为是我赌气，要离家出走。”

“对。”王南嵊承认得很快，“怕你头脑发热做傻事。”

梁明月嗤笑：“是谁头脑发热？”

“是我。”王南嵊大步走回来，“我已经反省了我的鲁莽，梁明月同学，收留我一晚吧。我还是很怕被卖掉的。”

“你想不想吃板栗？”

“啊？”

梁明月在一堆竹竿中挑挑拣拣，拖出来一根扔到一旁，又从柴堆后掏出一把带长杆的镰刀，用布条将两者绑在了一起。

王南嵊在旁边看着，觉得她每个动作都很新奇。而他自己面对半人高的背篓，完全不知如何下手。

“蹲下。”梁明月一点不客气，“像背书包一样，把背带背肩上。”

王南嵊弄好，站了起来，不用看也知道自己这样很滑稽。梁明月一手拿竹竿，另一手拿了两把长夹，顺着小径往山上走。

小路走了一段，梁明月拨开一侧灌木横长出来的枝条，走入了丛林。地面上落叶混着枯枝，已经积了厚厚一层，踩过去沙沙作响。

梁明月带着他七弯八绕，绕到一棵无比粗壮的树前。

她站在需两人才能合抱的树干旁，让他退出树冠外，可是这树树冠巨大，庇荫甚广，王南嵘一边抬头看一边退，脚下坑坑洼洼的，差点又滑了一跤。

梁明月嫌弃："你平衡性真的很差。"

"这里太不平了。"王南嵘辩解。

梁明月爬树的动作很利落，借助旁边的小树干，三两下就上了树。

她手握长杆，在枝丫间一阵乱敲，拳头大的果实"嗒嗒"落地，有的隐入落叶，有的四下滚散。王南嵘脚边也滚来了一颗，他蹲下去看，感觉自己的认知受到了挑战，这个浑身是刺的小球是板栗？

梁明月的长杆将四周都照顾到之后，便攀着枝丫荡了下来。

她走到王南嵘身边，递给他一把长夹，王南嵘还是没忍住问了："这是板栗？"

梁明月看了他一眼，王南嵘很冤枉，她这一眼好像他是个没常识的笨蛋。

梁明月一脚将板栗球碾扁，再踩着半边将它撬开，剥出里面的两三粒，往王南嵘眼前一摊："还认识吗？"

王南嵘点点头，镇定道："原来如此。"

梁明月又剥出果肉，直接送到他嘴边，王南嵘迟疑了一下，还是张嘴咬了过来，他小心没碰着她的手指，心中却有股异样的悸动。

梁明月丝毫不察，她一个转身便专心捡板栗去了。

等两人捡满半箩筐，太阳已在远处山脚沉了一半。层层叠叠的晚霞铺满半边天，衬着绿树青山，田野阡陌，美得不像话。

披着霞光，两人一前一后，沉默着下山。一个想前面那人真是奇奇怪怪，无聊到别出心裁。另一个想自己为什么会在这里，事情从他跟进车站的那一刻起，就变得不大对头。

到了晚上，屋子外面越发安静。

梁明月把王南嵘领到吴靖文的房间，便要离开。

"哎，"王南嵘留住她，"我可以倒杯水过来吗？"

两人就又照着电筒回去，水倒好后，王南嵘独自回房，门一打开，外面是黑黢黢的一片，特别扎实的黑，他回头问她："你平时一个人住这儿不害怕吗？"

"不怕啊，我有外公陪着我。"

她示意他看墙上挂着的黑白照片，王南嵘笑不出来，梁明月自己也笑不出来。她的声音变得冷硬起来："快走吧，我要睡了。"

梁明月起得很早。王南嵘打开房门时，她正弯腰在小池边洗脸。

她穿着 T 恤牛仔裤，头发松松散散地扎成个小揪，听见声音，便抬起湿漉漉的脸看他。下意识地，王南嵘偏开了头。

梁明月取过毛巾将脸擦干，王南嵘说："早上好啊。"

"嗯。"梁明月探头看了眼时间，"还有半小时就发车了。你快一点，新牙刷在窗台上。"

王南嵘洗漱完进屋，没看见梁明月。他喊了两声，没有回应，便到一旁的房间去找。他昨天几乎没进过其他房间，这下走进来一看，有点意外，这很明显是个书房。靠墙的是一面摆满了书的大书架，从书脊和装帧来看，都是上了点年纪的事物了。

向阳的一面摆了长书桌，书桌旁挂了一幅行书书法：当时明月在，曾照彩云归。

王南嵘读了一遍，又读了一遍，恍然她的名字原来出自这里。他走近几步，发现书桌上边的玻璃板下压着照片，照片上是一路长大的梁明月，还有另一个男孩。在两人还小的时候，拍照要么拉着手，要么亲亲热热地追逐打闹，等到大了些，就只是并肩站着或坐着，笑吟吟地对着镜头。

他好像从来没见她笑得这样开怀过。

"走吧。"梁明月忽然出现，背上多了一个书包。

从这儿一直到邵城汽车站，两人再无对话。一个在思索着什么，另一个漠不关心，连座位都是分开坐。

　　王南嵘真正意识到不对劲和困扰，是在一堂数学课上。老师在讲试卷，他却不自觉地分了心，等到回过神来，卷面上已多了一位朝他莹莹注目的少女，是那天早上刚洗完脸，清水出芙蓉的梁明月。

　　他将试卷折起来。

　　下课后，陈晨转过身来："刚最后一题我没太听懂，看看你的。"

　　王南嵘将试卷折了几折，放进了口袋。

　　陈晨："嗯？"

　　"把你的拿来，给你讲一遍。"

　　试卷讲完，王南嵘侧头看向梁明月，她不在座位上。即便在座位上，她也从来只专注于自己的事情，和周围的世界好像身处两个次元。

　　这天晚上，做完作业还毫无睡意的王南嵘，从抽屉里拿了本全新的素描本，一直画到凌晨两点。

　　每一页都是梁明月。

　　她摔手机时发怒的样子，倚在墙边的、不耐烦的少女样子，奋笔疾书时的侧脸，萦绕在脑海中的影像被他一一誊到了纸上。

再将本子一合，塞进书架最上层的画册夹缝中。

好像这样能少想一会儿她，能安抚突如其来的躁动，变得状似平静。

又一个早上，王南嵘骑着自行车，在去上学的路上，碰见了迎面而来的梁明月。

她旁边站了位高高的男生，很好认，照片上的少年。王南嵘刹住车，主动打招呼："早上好啊！明月同学。"

梁明月点点头算作回应，脚步都未慢一拍，便从他身旁直接经过了。

其实梁明月一直这么没礼貌，王南嵘之前也并不介意，这次却十分不爽。主要是听见了他们的对话。

男生问："谁啊？"

梁明月答："同学，不熟。"

王南嵘冷着脸走了。

不咸不淡地又过去几个月。在临近寒假的时候，高漫云在饭桌上告诉王南嵘，修复工作已经完成大半，正好他马上高三，等这学年结束，他们便回棠城去。

"我和你爸也是该歇歇了，好多资料数据，一直都没机会停下来做个整合。还有，也不知道小骏长高了没有。"高漫云想到小儿子，心里觉得很抱歉。

王韬："这周回去看看？"

"还是不去了。去了又能待多久呢？走的时候又该受不了了。"

平安夜那天，王南嵘在商场为弟弟买礼物。商场中人满为患，欢快的庆歌中，每个店铺都赶着热闹张灯结彩，或大或小总要摆棵挂满礼盒的圣诞树在门前。

他拿了东西，在人潮中逆行，一眼便看见了梁明月。

可能是因为很久没见她，可能是因为过几月就要离开，曾经介怀的小事忽然就烟消云散了。王南嵘挤过去，套了顶圣诞帽在她头上。

他把她拉到一旁奶茶店前的台阶上："好久不见。"他说，"你这段时间怎么没来学校？"

梁明月今晚有点呆，任他拉到这里，帽子都没想着摘下，红红的尖帽衬着白净的小脸，好看极了。

"不想去。"她说完，手上王南嵘被塞了杯热乎乎的奶茶。

"焐焐手，你手好冰。"

梁明月便握住，手心手背交替着接触杯壁，真的在暖手，真是罕见的乖巧。

王南嵘又问："你来买什么？"

“不知道。”

“待会儿一起去吃饭吗？你饿不饿？”

“为什么？”

“因为没人陪我吃饭。”

梁明月笑了，她抬头看他：“王南嵘，你对我这么好干什么？”

“这算好吗？我对每个同学，都这样春天般温暖，梁明月同学，你要反省了。”

“当中央空调很得意吗？”

“那当冰箱累不累呢？”

没听到回答，王南嵘侧头看她。梁明月盯着走过来的几个女孩子，身上的飘忽劲儿没有了，整个人散发着不友善的气息。

女孩中为首的那位也不遑多让，开口便道：“梁明月，满世界找不着你，原来躲在这里谈恋爱。”

“关你屁事。”

沈姿亭摇摇头开口道：“瞧瞧这没教养的样子，你真要有骨气，就滚得远一点啊，还赖在邵城算怎么回事？不就装模作样等着被找到吗？”

“是啊。我就乐意大家都围着我转，有意见？你爸既不喜欢你妈，又不喜欢你，你怎么不滚？要不我明天就跟你爸讲，什么时候你滚了，我就什么时候回家。”

沈姿亭脸色变差："你算哪根葱？还真把自己当回事了。哼，我也是大发慈悲没把话说死，不然你看我爸选谁！也不想想是谁被扔在乡下不闻不问十几年！"

梁明月哈哈笑了，她说："是吗？那你大可以试试。"

沈姿亭被气得不行，又不想再在同学面前说家中丑事，便换个方向攻击："你逃学谈恋爱，我马上告诉你妈。"

梁明月仰头就在王南嵘脸上亲了一口，挑衅道："你告啊。我好怕。"

沈姿亭大惊失色，这才正式将目光放在一旁的男生身上。其实她刚刚只是随口栽赃，毕竟梁明月那个没有感情的死人，怎么可能做出谈恋爱这么感性的事。但这么仔细一打量，才惊觉这男生长得好帅，两人还在她眼皮子底下亲吻，真是狗胆包天！

"你等着！死定了你！"沈姿亭放完狠话，掏出手机转身就走。

拨号的间隙里，旁边的女生小声道："那是高二的王南嵘，他们俩居然在一起。我好幻灭。"

沈姿亭一走，梁明月便沉默了。"对不起。"她说。出于心虚不敢去看身旁人的表情，下巴却被人挑起。

王南嵘在她额头上蜻蜓点水般印了一下。

"扯平了。"

分开后，两人不约而同地别开脸。

大概为了证明这是一件小事，又或者在比赛谁更坦荡，两人还真一块儿去吃饭了。

只是没想到梁薇来得那么快。

"跟我出来。"梁薇站在旁边，脸色差劲，语气强硬。

王南嵘试图解释："阿姨……"

"闭嘴。"梁明月打断他，"你就在这儿别动。"她率先出去了。

梁明月还未站定，梁薇的骂声便追了过来："梁明月，你就宁愿在外面东游西荡，跟个乞丐样，也不回家？"

"回什么家？"

"少装蒜。你今年三岁？还要所有人都围着你哄着你？到底有完没完了？"

"行了吧你。要人围着转的是你，没完没了的也是你。明确告诉你，那地方跟我没关系。我绝对不会再踏进去一步。你说再多废话都没用。也别来找我，看见你就烦。"

梁薇静了两秒，勉强按下火气："以后要怎样随便你，我反正也不指望跟你好好做母女。但上大学之前，你必须要在沈家住着。"

"别做梦了。我就不明白，你到底为什么非要把我按在那栋房子里？怎么，是沈继华活不长了，等着我回去争家产？"

"梁明月，你逞这种口舌之快有意思吗？"

"那你倒是告诉我为什么啊，我真的很好奇，你每天进进出出很开心吗？那是你的房子吗？里面住的是你的丈夫，是你的女儿吗？你躺在别的女人躺了十多年的床上，是不是夜夜做美梦？"

梁薇面无表情，她早已经麻木了。"我警告你，少拿这件事刺我。我就过这一辈子，喜欢为什么不能抢？我凭什么委曲求全？能在一起一天算一天，鬼才在乎别人怎么看我。"

梁明月爆发了："关我屁事，你要怎么过关我屁事！别人怎么看你关我屁事！为什么要拉上我！为什么要赔上外公！"

"跟爸有什么关系？！"梁薇一瞬间变得比梁明月更激动，她朝着梁明月吼，"说了多少次了！不要把事推在我身上！"

梁明月失望极了，她说："你真是自私到连承担都不敢。就为个男人，活得人不人鬼不鬼。我现在想起那天早上都觉得恶心，我是脑子被门夹了才被你拉走，你是脑子被水浸了十多年才要靦着脸——"

"不要说了！"梁薇已经气到发抖，扬手要扇她耳光，却被梁明月反抓住手腕狠狠推了一把，撞在护栏上。梁薇其实没用几分力气，她早就没有力气了，还强撑着道："滚吧你，轮得到你指着鼻子骂我。你又好到哪里去？"

梁明月："是啊。我也不孝，跟你学的！因为我要尽孝的人不在了。倒是你，外公在天上看着你，外婆也在看着你，你真的睡得着吗？"

"不要说了！"梁薇尖声打断，满面泪痕，她早就知道错了。梁明月真像她，被逼到悬崖边上了还要咄咄逼人。

其实两人没什么差别，悔恨在心中积成了海洋，推给对方多一点，才能让自己不被溺亡。

梁薇走后，围观群众三三两两也散了。只有零星几个人还在频频看向站在原地不动的梁明月，回味这个漂亮女孩方才的忤逆言行。

王南嵘等她平静了会儿才去到她身边。

"还吃吗？"他问。

梁明月摇摇头。

他其实没听见多少，是在看见两人起了肢体冲突才冲出来的。即便隔了好几米，也看得出梁薇撞在护栏上的那一下并不轻。

他说："你不该推得那么重的。"

梁明月说翻脸就翻脸，冷冷道："关你屁事。"

王南嵘面色沉了下来，还要说点什么，梁明月已先将他撞开，大步走远了。

两人又陷入了冷战。直到梁明月捡到一张自己戴着圣诞帽的素描。

　　她去拦王南嵘，开口便是一句："还有吗？"

　　王南嵘把她带回了家。

　　他踮着脚去抽素描本时，梁明月忽然开口："她离婚了。"

　　比起磋磨了十多年才终于换来的结婚证，离婚证扯起来就容易太多了。沈继华震惊又愤怒，反而无比配合，因为他不相信。可是梁薇比想象中还要坚定，一点不拖泥带水。后脚就飞去了国外，不知所终。

　　事后再看，梁明月想，大概那天梁薇来找她时，就已经做出了决定。而当她从面色铁青的沈继华口中知道这个消息后，居然变得平静了。

　　就那一瞬间，这半年来的怨愤与恨意好像都模糊了一层。梁明月完全知道梁薇在想什么，也完全接收到了她的悔意。

　　沈继华说："明月，我会把你妈妈找回来的。我不想再失去了。"

　　"你找不回的。"梁明月在心里说，也在心里诅咒，"祝你永远也找不回。你凭什么不失去？"

　　两人坐在地板上翻着素描本，梁明月一张一张，仔仔细细地看。真的画了很多，画得很好，梁明月盯着纸上少女的脸庞，偶尔会有种游离感，怀疑自己脸上是否真的出现过这样的神情。

"你也画别人吗？"她问。

"上课的时候会画模特。"

"裸体模特吗？"

王南嵊轻咳了声："画过。"

"看看。"

"没带到邵城来。"

梁明月怀疑地看着他，王南嵊："真的。"

"好吧。"梁明月左右看看，"我该走了。"

"你想不想看点别的？"王南嵊直起身，从手边的书架上抽下来几本画册，有大有小。这些才是他走到哪儿都会带上，并且不断在丰富的正经画册。

他画人像其实很少，建筑画得多。每到一个城市，就要背着画板四处晃荡，遇到喜欢的房子，能在那儿一坐半天，画完为止。

他一边翻，一边说给梁明月听，这是在哪座城市的哪条街，小楼房的哪个角度最好看，哪面墙是什么颜色。他甚至记得那天天气怎么样。有时候工程浩大，他一直画到太阳落山都没能完工，只好第二天大清早又跑出来。

梁明月听了一阵："你去过这么多地方啊。"

"嗯。四海为家。你想去吗？我可以带你啊。"

"那你在这儿会待多久？"

王南嵊卡了下壳，他说："暑假要回棠城。"

"哦。"梁明月点点头，她正要起身，又被王南嵊按住，他拽着她的手不放，问她："你……你要吃点什么吗？"

梁明月笑了："你是不想我走吗？"

"是。"

"可是天黑了。"

王南嵊侧头看她，暖黄的余晖中，忽然倾身过来……

这之后，梁明月又回了学校，虽然还是生人勿近，行事却收敛很多，至少不会整天整天地旷课。

不过好奇怪，在她和王南嵊还是零互动的时候，大家就像长了千里眼，一个个忽然都知道了他们俩之间的关系。

连吴靖文都听说了。

晚饭后，两人在下象棋，吴靖文当笑话一样问她："你认识一个叫王什么的人吗？我们班女生居然说你们在谈恋爱，你说好不好笑？"

"王南嵊？"

"好像是这个名字。"

梁明月没说话，吴靖文心沉了一半，他还要问："不是真的吧？"

"我不知道。"梁明月说，"可能是吧。将军——"

吴靖文输了棋，脸色难看得不行。梁明月就逗他："你

190

不是吧？阿靖，胜败乃兵家常事，要不再来一盘？"

"不来了。"吴靖文起身，"我写试卷去了。"

坐在书桌前，吴靖文一个字也看不进去。

他环顾四周，当初为了陪读，吴奶奶租了这间一居室，梁明月虽然住校，但三五不时就要跟着他回来蹭饭，两人一块儿做题，一块儿下棋，日子过得和在砚山没两样。

可后来，外公意外去世，梁明月再也沉不下来，一心想往砚山跑。高二课程紧张，他所在的教学楼跟她离了十多分钟的路程，白天根本没法去找她，奶奶一把年纪陪着他在这里，他也没有资格任性。

他只能等着她来。

最近一段时间，她状态好了很多，是因为有别人在陪她吗？吴靖文握着笔的手用力到发疼。他想，这样其实也挺好的。

王南嵘在陈晨质询他是否偷偷摸摸早恋时，坚决予以否认："不，没有，我怎么可能偷偷摸摸？"

事实是陈晨说得再对不过了。梁明月很讨厌两人在众目睽睽之下做任何事，警告过他不要再拿白痴数学题装模作样来请教她，也不要再借各种由头在她身边晃荡。

王南嵘很生气："太过分了！这连塑料同学情都不如！"

梁明月油盐不进，绝不退让，王南嵘只好假惺惺地就范。

其实他根本不在乎这表面的一城一池，只是觉得梁明月的反应很好玩。

冰雪消融、春暖花开的几个月，王南嵘跟着梁明月，把砚山转了个溜熟。

他们在兴起时上山摘杨梅，在雨后初晴的日子去后院挖笋，在晨光熹微时一块儿洗漱，在不甚明亮的角落靠近。

后来，周琪儿主动接近梁明月。王南嵘起初不太乐意这么个不良分子围着梁明月转，接触几次，才发现原来就是个逞强无畏的傻妹妹，也就随她们去了。

周琪儿在知道他马上要回棠城读高三时，大为惊讶，她问道："那你和明月呢？"

"我们约好了一起报雁大。一年不见而已。"

"是吗？"周琪儿十分怀疑，她自己的感情史，就没有哪段是长久的，更别说比六月天还易变的心性，一年后？那时候还喜欢吗？还是现在的喜欢吗？这么长的日日夜夜，可不能保证不会遇到别的心动。

更何况！梁明月身边还有个吴靖文。

他们四人早就在一块儿吃过饭，闷葫芦吴靖文是很不受周琪儿待见的，当然只在心中悄悄地不待见，可他和梁明月之间微妙的氛围却有目共睹。

　　就比如此刻，她和王南嵘在吧台点餐，吴靖文在写试卷，明明目不斜视，却能在梁明月困得直点头时接住她的下巴，将她扶到自己肩上靠着。

　　王南嵘面无表情地看着。周琪儿幸灾乐祸："啊哦。"

　　王南嵘耸耸肩，语气平稳："来日方长。"

　　"那当然，疏不间亲嘛。"周琪儿一语道破。

　　王南嵘拿传单拍她脑门："就你聪明。"

　　又是一年寒来暑往，四季轮回。

　　邵城从进入六月起，雨就再也没停过，时而淅淅沥沥，时而暴雨倾盆。

　　就在这样潮湿连绵的雾气中，梁明月结束了高考。

第四章

吴奶奶的房子要七月才到期，雨下成这样，也根本没法回砚山。

吴靖文就找了两份暑假工，上午给一个小孩做家教，下午到晚上去一家咖啡店打工。

周琪儿被欣喜若狂的家里人抓去旅游，没个十天半月回不来。

沈继华来找过梁明月几次，次次都吃了闭门羹。他好像终于生气了，之后便不来了。

梁明月百无聊赖地趴在窗前，忽然听见有人叫她名字。

她心跳得飞快，探头去看，楼下果然站着王南嵊，他脚边立着行李箱，看见她立时笑了，整个人俊朗飞扬，又喊了一声："明月！"

梁明月冲下去，扑入他怀中。

没见面之前，也没觉得多想念，见了面才发现心中好像涨了潮。

王南嵘带着她回家，一进门便将她压在了门板上，两人的亲吻第一次进行到限制级，梁明月按住他的手，有点没反应过来，王南嵘在她的颈肩含糊道："怎么了？"

梁明月脸红了："太……太快了吧……"她说。

王南嵘笑了，他放开她一点，无辜道："快吗？在我梦中都数不清多少次了。"

梁明月哑口，她在这方面暂时还要慢人一拍，王南嵘倒好，一年不见，脸皮厚了数层。他在她唇上啄吻几下，便大发慈悲地去收拾东西。

梁明月这才想起件事，她问："这到底是你家租的还是买的？"

"之前是租的，后来我让我爸买了。"

"他们知道你来邵城吗？"

"知道。他们不太管我要做什么。"

梁明月点点头，不再问了。

天边忽然一道闷雷，瞬息之间便乌云蔽日，就晴了方才那么一会儿，又哗啦啦下起雨来。

王南嵘洗完澡出来，梁明月已将外卖都打开摆好，两人一起吃完，王南嵘便抱着她不放。

"我好困。"王南嵘将头埋在她肩窝，"你陪我一起睡嘛。"

他保证道："就只是睡觉。你陪陪我嘛，我坐了好久的车。"

梁明月压根没想拒绝，这样昏暗的下午，她吃饱了也有点犯困。

一觉醒来，屋内黑得伸手不见五指，王南嵘却很精准地吻了上来。

梁明月搂着他的脖子回应，他翻身压了上来。

和着夜色中的淅沥雨声，整个世界都变得潮乎乎的。

两人在房间里窝了整整两天。

窗外的雨一直保持着瓢泼的气势。湿漉漉的街道渐渐无处可排水，护城河已经肉眼可见地涨上来了。

到傍晚的时候，梁明月和王南嵘一块儿散着步去买西瓜，顺便看看河水。

一路上好多驻足看水的人。河岸高低不同，平时的亲水台阶都被淹住了，河面宽了不少，浑黄的河水看似平静地、缓缓地向前流动，有些路段已经拉起了警戒线。有个人边打电话边和人说："还会涨两米，那肯定就到路面上来了。"

水果店恰好就在路面偏低的位置，此时满满当当围了一圈人。

大家都在议论，一边指指点点，一边与一九九几年的洪水作比较。一个人说他那时正好多大多高，在家眼看着哪座桥被淹啦，哪座桥又被冲垮了。一个人时不时跑过来动态播报水涨到哪儿来了，口里说着"吓死人了"，脸上表情却很兴奋。

一个说："涨嘛，使劲涨，反正我家已经被淹了。涨上来我们游泳去。"

被店主砸了个李子过去，骂道："你们这些幸灾乐祸的缺德鬼，烦不烦人？"

被砸的青年接了李子，在衣服上擦擦，咔嚓就是一口，他问道："雷哥，人警察都说了今晚会涨上来，你搬还是不搬啊？"

另一个人接嘴："人雷哥说不搬，就不搬，他找人算过了，水不会进屋，他就坐这凳子上生财。"

"那我们走了，你别后悔啊，别到时候一个人搬不动坐地上哭。"

"滚滚滚。别挡着我做生意。"雷哥赶苍蝇似的摆手，又笑脸迎向走进来的梁明月二人，客气招呼："要点什么？"

"挑一个西瓜。"

回去的路上，梁明月一直沉默，坐在床上的时候，忽然开口道："我外公说，外婆就是九几年那场洪水冲走的。"

王南嵘正在翻书的手停住了，他默默地靠过来，摸了摸她的脑袋。

梁明月依偎入他怀中，声音闷闷的："阿嵘，我有没有和你说过，外公是怎么过世的？"

其实她知道没有，她怎么有勇气和人说起。她连回忆都忍不住发抖。王南嵘下巴磨在她的头发上，很轻地说了一句："没有。"

梁明月："那天……那天是高二开学的第一个周末，我和外公说好要回家的。梁薇却先跑到学校来，说什么沈继华他妈妈七十大寿，绑也要绑我去给老太太祝寿，我早说了不肯的。她要表演自己表演好了，我凭什么去做她的工具？可是那个疯子竟然真的找了两个保镖过来。我只好到了沈家再跑出来，回家就迟了几个小时，迟了几个小时回砚山而已，外公就摔在地上，动都动不了了。"

她哽咽着："如果不是知道我要回来，外公不会拿酒出来喝的。如果我能早一点到家，外公也不会在冰冷的地上躺了那么久，地上那么冷，他一个人孤零零地躺着，一定在怪我为什么不及时回来……"她捂住眼睛，满面泪痕，"都是我的错，我活该失去外公，活该被抛下……"

王南嵘被她哭得心都要碎了，他红着眼圈抚摸着她的背，柔声道："不是的，不是的，外公怎么会怪你呢，外公那么爱你，他在看着你呢，看你哭得这么伤心，他心里也要难过的。"

梁明月摇头："不，我再也见不到他了，我早就没有外公了。"

"你还有我啊。"他吻去她的泪水,"明月,宝贝,别哭了……"

平复下来的梁明月,开始絮絮叨叨地和王南嵘讲外公。

她的外公小时候家里特别穷,穷到读书都只能去一学期休一学期,但哪怕一学期不去学校,外公照样考第一,聪明得不得了。

可外公的命太苦了,明明是这么好的人,却中年丧子,继而丧妻,郁郁一生。她也不够乖巧听话,尽惹他生气。

梁明月苦笑着说:"我家啊,就没有一个人能好好走完一生。"

"不要胡说。我们可以啊。"王南嵘温柔道,"明月,我陪你好好过完这一生。我爱你。"

梁明月看着他,眼睛比夜空中的星星还要亮:"我也爱你。阿嵘,我永远爱你。"

周琪儿结束一言难尽的家庭游回来,去楼上伯伯家派发礼物。

听见她的声音,侄子欢呼着从房间出来,抢下玩具捣鼓一番后又丢在一旁,缠着她问东问西。

她没什么耐心哄这小魔王,正要找借口开溜,嫂嫂先发话了:"差不多可以了啊,快回房间去,别让吴老师等久了。"

又跟周琪儿解释，"给他请了个家教。"

周琪儿跟着去看热闹，结果看见一个完全意料不到的熟人坐在里边。

"哎呀——"周琪儿乐了，"这世界可真小啊，吴靖文。"

吴靖文早就认出她的声音，因此并不显得多意外，只象征性地打了个招呼："好巧。周琪儿。"

嫂嫂问："你们认识？"

"认识啊。大学霸。"周琪儿走进去，坐在侄子旁边，"我来听听吴老师课上得怎么样。"

吴靖文当她不存在，有条有理地讲自己的题，周琪儿却坐不住，非要捣点乱，她一会儿捏捏侄子的脸，一会儿挠他的痒，甚至在旁边玩贪吃蛇。

终于在她又一次将手探向侄子的胳肢窝时，吴靖文不耐烦了，他一把握住她的手腕，拽过来："你就这么无聊？"

小侄子紧紧趴在桌面上，以避免战火蔓延到自己身上，他被整过几次，知道这个小吴老师还是很凶的嘞。

周琪儿也吓了一跳，她看着近在咫尺的吴靖文的脸，硬撑着嘴犟："是啊。不然能坐在这儿？"

吴靖文甩开她："随便你。反正我两个小时就走人。"

周琪儿撇嘴，想这人真是不经逗。

有天上午，周琪儿睡到很晚才起床，餐桌上周妈妈给她煮好的馄饨早已糊成一坨，她看一眼便说不吃了。

正在做清扫的周妈妈气不打一处来，扔了拖把就开始数落她，从一个星期前的事一直数落到现在："你看看你像个什么话？每天晚上就不睡，白天就不起，吃了饭就往外跑，通宵通宵穿那么点跟人男孩子在网吧打游戏，你知不知道别人怎么说你？你能不能给你妈要点脸？"

这话越说越难听，周琪儿脾气上来，跟妈妈对吼："是，我不要脸！我就不起，就不吃！"

"不吃也得吃！我大清早起来伺候你……"

周琪儿打断她："谁让你大清早起来了？你就不能不下我的吗？就不能等我起来再下吗？"

"我该哪个时间下就哪个时间下！"

"那我就不吃！"

周妈妈拿着拖把要打她："你吃不吃？"

周琪儿摔门就走，却在门口看见台阶上的吴靖文。她朝他吼："你看什么笑话！"

吴靖文越过她离开，周琪儿："我都哭了！你不安慰我一下吗？"

吴靖文："这有什么好安慰的？"

周琪儿："你没有这种父母，你当然不懂了！"

"我是没有。"吴靖文说，"我爸爸吸毒坐牢，妈妈跑了，所以没有这种烦恼。可以了吗？"

周琪儿傻住了，站在门口发了好久的呆，直到又被周妈妈拽进屋里。

填报志愿那天，几个人都去了吴靖文做兼职的咖啡店。

吴靖文端了果茶和甜点上来，趁他在摆的时候，周琪儿示好道："你不能休息一会儿吗？"

吴靖文看了她一眼，在旁边坐了下来："可以啊。"

"哦。"周琪儿移开眼，问梁明月，"你们都报雁大吗？"

"对。我报自动化，阿嵘学建筑，靖文报法学。你呢？"

"我想报传媒。可是我爸不肯。他想让我报师范，以后当老师或者考公务员什么的。我就当没听见了。不过，明月，自动化是什么，我怎么听都听不懂。"

"很好玩的一门专业，以后告诉你。"

"吴靖文，你为什么要学法律？你以后要做法官吗？"

吴靖文："你关心你自己就可以了。"

周琪儿气道："谁关心你了？"

"你们聊吧。"吴靖文起身，"我先下去了。"

接下来，就基本成了周琪儿的单口相声，变着花样吐槽她苦不堪言的全家行，王南嵘偶尔捧哏，逗得她更加没完没了。

终于说到她回家之后，发现吴靖文居然是她侄子的家教，周琪儿："一想到之后去雁城还要跟他相处四年，我就觉得脑袋疼。"说的时候还要跺脚，生怕面前两人听了不信。

梁明月："我还觉得被你吵得脑袋疼呢。"

"乱讲。"周琪儿滴溜溜的目光在两人间打转，"你们这几天一直住在一起？"她很想说点不健康的话题，又不敢乱开玩笑。

"是啊。"王南嵘大方承认，"之后去雁城也会一起住。你有事没事别老来打扰我们。"

"我就要来，不光要来，还要住进来，和明月一起睡。"

"少做梦了。"

梁明月："干脆你们俩住吧，我不去了。"

周琪儿一下被堵住，王南嵘掐她的脸，咬牙道："你嘴巴里有点靠谱的吗？"

几个人闹着闹着，天都快黑了，吴靖文上来收拾碗碟，梁明月帮了把手，又拿起特意留的一块雪媚娘喂到他嘴边。

吴靖文张嘴吃了，嘴角沾了点粉末，梁明月顺便拿纸巾给他擦去。

周琪儿去看王南嵘，王南嵘等在一旁，脸上没什么表情。只在吴靖文转身下楼时，将梁明月牵在手心里。

等到了晚上，王南嵘开始新账老账一块儿清算了。

他佯装生气地命令梁明月："你以后不许拿手喂别人吃东西。"

梁明月皱眉看着他，王南嵘心中到底没底，只好装可怜，他说："你不知道，之前我看你这么喂的别人，气得好几晚上没睡着觉。"

梁明月叼着车厘子吻上去，她说："那这么喂呢？"

王南嵘把她压倒在床上："那我只好跟你同归于尽。"

去了雁城后，几个人都没想到，吴靖文成了最忙碌的那个。

周琪儿"担心"的事完全没有发生，只好主动吵着要一块儿玩，却被吴靖文接二连三地拒绝。

王南嵘和梁明月在校外的公寓中度过了极其放纵的四年。他们在假期四处写生，在周末尽情欢爱，会一块儿赶作业到深夜，会对着大图纸规划未来。

王南嵘对梁明月相当纵容，好到无以复加。程文远偶尔鄙夷他，王南嵘一点不以为意，在他心里，梁明月比他可爱多了，她从来不做掩藏，也不做铺垫，她直接干脆，爱他就是爱他，亲他就要亲个够。王南嵘总会在毫无防备、毫无心理预设的时候，被她完全俘获，缴械投降。

他知道梁明月无法割舍砚山，便花了很长时间去研究怎样在原有基础上进行功能改建，能让他们回去时住得更加舒适。

后来比赛拿到一笔不菲的奖金，王南嵘便带着人，花了一整个暑假，将砚山整饬一新。

临近毕业，王南嵘突然接到高漫云的电话，说爷爷生病了，有点严重，让他回去看看。王南嵘没有买到机票，火车也没有合适的班次，又因为雁城到棠城不过几小时车程，他便自己开车回家。哪承想高速路上出了重大车祸。

梁明月过了很长一段魂不附体的日子。她不是第一次经历这样骤然的失去与悲伤，却依旧完全无法面对。好像天上忽然掉下来一个锤，把她的心给砸扁了。

她不知道要怎样处理空落落的，似乎无时无刻不在吹着穿堂风的胸腔。

吴靖文和周琪儿陪着她，哄着她，轻言细语让她振作，说哪怕为了肚子里的孩子也要好好吃饭睡觉，不要想太多，小孩子会知道的。

她很不解，她有好好吃饭睡觉，为什么要这样劝她？

她也没有想太多，她早就什么都不想了。她能怎么想？过往的每个点滴瞬间都将她撕扯得要死了。

至于孩子，这个在阿嵘出事后才被发现的小生命，不过是个意外罢了。还未出生就要承载安抚的使命吗？阿嵘不在了。一个新生命就能安抚？哪有这种道理。

梁明月脑子里反驳了很多，却一个字都没有说出口。她没有意欲再开口。

第五章

几年未见，程文远最后一点少年感都褪去了，在外已是气场强大的精英一名。

推门进来的梁明月，却几乎毫无变化。程文远看着她，不自觉地就站了起来，他朝她招手，思绪有一瞬的恍惚。

"好久不见。"他说。

"好久不见。"梁明月坐下，"你说潇潇在你家？为什么不带来——"

"潇潇很好，和我女儿在玩拼图。哦，我女儿正好比潇潇小一岁。梁明月，我们聊一聊。潇潇是……"

"是阿嵘的儿子。"

程文远最后一丝疑虑放下，他没想到梁明月承认得如此干脆。他放柔声音，希望自己的问题没有冒犯到她。

"明月，你这么多年一直一个人抚养潇潇？当年为什么不来棠城？"

梁明月当然来过，她在灵堂外徘徊许久，却迟迟没有踏进去。她以什么身份出现在他家人面前？又有什么必要呢？

她和阿嵘的事，跟家人有什么关系？悲伤不会因为多几个人分担而减轻，死去的人也不会因为多几个人爱而欣慰。更何况，她没有勇气见阿嵘最后一面。

那天甚至是她和王丛骏第一次见面。十五岁的王丛骏背着书包呆呆坐在花坛边，他那时还是个肩膀单薄的少年，突来的变故，塌了他家半边天。他也不想进去见哥哥，不愿相信哥哥就这样不在了。

梁明月说："我来过。"

"可你没有出现。"

"嗯。"

"为什么？你不想见我们？"

梁明月默认了。

"那你知不知道，在得知阿嵘出车祸后，阿嵘的爷爷没撑过去，也去世了。"

梁明月皱着眉："你想说什么？"

"我想说说小骏。"

梁明月沉默了。

"明月，你可能不知道，小骏虽然现在看起来混账，但他小时候很乖巧的。王叔和高姨因为工作的关系常年在外，没有精力将两个小孩都带在身边，小骏就跟着爷爷长大。程文凯程文璇两个和他差不多大，三个人天天满院子里跑上跑下。我到现在还记得，几个小孩中，就数小骏最爱笑，天生就会逗人开心，就连调皮都让人生不起气来。他还爱撒娇，会示弱，软软萌萌的，张手就让人抱。"

"三个人上学，也是小骏最让人省心，一路三好学生拿到大，情书都不知收了几箩筐。"

"可是一夜之间，阿嵘和爷爷都不在了。小骏连遭重创，还来不及抚平伤口，就发现自己好像成了透明人。因为不愿接受现实，王叔鲜少再回家，高姨也整日整日地神思恍惚。他们忘了自己的小儿子。而小骏，正处于青春期的小骏本来就有个不大不小的心结，他觉得王叔和高姨不爱他，至少是不够爱他。毕竟阿嵘从出生起就一直被高姨他们带在身边，小骏和父母相处的时光却连哥哥的十分之一都比不上。"

"被这样忽视，小骏受伤又无措，他早就过了能扑在父母怀中撒娇的年纪，也别扭于在人前展现自己的软弱。于是一半试探，一半灰心，小骏过了一段荒诞的日子。我那时候忙得焦头烂额，顾不上他的情绪。高姨他们不知道怎么回事，也不太敢管小骏，反而来郑重地拜托我父母帮忙照看，之后便一张机票飞去了国外的研究所。小骏失望极了，玩得更疯更肆无忌惮，好像对什么东西都无所谓了。"

程文远一边说一边观察梁明月的表情。其实他一开始就是为了王丛骏而来。他对小骏是有歉疚的，尤其在和小凯聊过之后。而梁明月……

他作为明白事情来龙去脉的人，无法轻易做出评价，一方面他觉得梁明月这事做得太过分，心里却又忍不住为她开脱，想她或许是不知内情，一时昏了头。

不管怎样，此时亡羊补牢总还不晚。有潇潇在，没有办法让这两人不相往来。可也正因为潇潇在，事情就还有个缓冲地带。

程文远深吸口气，诚恳道："明月，我说了这么多，其实只是想让你多了解小骏一点。小骏啊，他就是个虚张声势的小可怜，根本没有你想的那么不在乎，也根本没有看上去那样薄情。事情到这一步已经无法收拾……你还要再继续下去吗？"

梁明月静静听着，终于开口，也只是说了一句："我知道了。"

程文远忍不住问："你到底为什么……你有没有想过，如果阿嵘看见——"

"早就没有阿嵘了。"梁明月硬声打断他，"阿嵘死了。他早就什么也看不见，什么也听不见了。"

程文远沉默了一阵："对不起。"

他说："我会先和小骏谈谈。如果他来找你，希望你能……请你留情。拜托了。"

程文远和王丛骏没有谈成。王丛骏听他说和明月碰过面之后，直接问了咖啡馆地址。

他不觉得自己还有什么不能承受。

他要见她，要听她亲口说。

"我和我哥像吗？"落座后，他笑着问了一句。

"不像。"

王丛骏一愣，却听她又接着说："你怎么比得上阿嵘？"

这样鄙夷、毫不掩饰的语气，让王丛骏故作轻松的笑意垮了下去。

他没什么意欲反驳，以一种凌迟的心态，看对面那人还要说出什么话来。

"阿嵘和你完全不一样。他知道光阴可贵，有担当，不逃避，永远能找到方向。你？你和程文凯两个人，日日呼朋引伴，荒废青春，还心安理得引以为傲。你比得上阿嵘一根手指头吗？"

"嗯。"王丛骏点点头，"是比不上。我哥的优点又何止这些。看来你是真的很爱他啊，爱到连他弟弟的床都要爬。不过，梁明月，我就好奇了，既然你心中这么清楚我跟我哥是迥异的两个人，为什么还一次又一次，反反复复和我纠缠？"

"你不知道吗？"梁明月挑眉，困惑他会有此一问。

"我要听你说。"王丛骏看着她，"我要你一五一十说明白。"他要看她是不是真的这么残忍。

"因为我太想他了。想念到没有办法抗拒，连一点虚幻

212

的温存都忍不住抓住。你和阿嵘的声音长相如此相似，闭着眼时，甚至难辨真伪。我能怎么办？王丛骏，我那么多次接近你，不过是幻想着他还在我身边。这么说你明白了吗？能让我睹物思人，忍受你的幼稚与浮浪又算什么？"

梁明月出口伤人，每个字都化成尖针扎在王丛骏身上。

她真残忍。他从来没有被人贬低到这样一无是处。

大概在她心中他连灰尘都不如。王丛骏漠然地想。

看着王丛骏渐渐灰败下去的双眼，梁明月的心居然也开始抽搐着闷疼。她感到意外，感到慌乱，甚至感到自损三千的痛楚。

但她不能半途而废，致命一刀怎么可能温柔呢，要狠准利落，斩断后路才行。

王丛骏被捅到千疮百孔，回去后一蹶不振，整个世界黯淡成了黑白。

他所求的好像再也拿不回，连回顾都变得难堪。只好放任自己失魂落魄，行尸走肉一样颠倒日夜。

程文凯将王丛骏送去医院时，他已经疼到冷汗直流，蜷曲着不肯喊一声。

程文凯怒其不争，忍不住地朝他发火："你还真是厉害啊，阿骏！"

"你把自己喝死了又怎样？没用的！她不会来看你！你

怎么比啊？人家一个刻骨铭心，一个青梅竹马，你，高仿品！"

"滚。"王丛骏嘶哑着声音赶人。

"你也就会在我们面前横！阿骏，别人伤你，你有种就千倍百倍地还回去，不然就大人大量朝前看，你折腾自己干什么？"

程文凯看不下去了，他气得原地团团转，气王丛骏也气自己，当初怎么走了眼没看出来梁明月是这么个狠角色。

亏他之前还对梁明月寄予厚望，还庆幸她的出现让阿骏开始专情。

他太傻了，一厢情愿地以为梁明月是阿骏的救赎，没想到她是要拉他进深渊。

阿骏凭什么让她这样对待？

程文凯找到梁明月，拽着她来医院。

梁明月一路上都算配合，到住院部楼下时，她不走了。

她问："你想让我上去做什么？"

程文凯冷冷道："想让你上去亲眼看看，看看阿骏被你折磨成了什么样子。"

"我该说的话都说尽了。没必要再见他。"

她的态度这样冷漠，程文凯听得火冒三丈，他忍不住羞辱她："梁明月，你不觉得你太无耻了吗？为了自己的一己私欲，这么不管不顾地把阿骏牵扯进来——阿骏欠你的吗？他……"

"说够了吗？"梁明月打断他，"这是我跟他的事。程文凯，我也不欠你。"

"你……"

"小凯。"

程文凯闻声看去，一位气质高雅保养得宜的妇人朝他们走了过来，她戴着眼镜，看上去有些疲惫。

"高阿姨？"程文凯太久没见她了，一时间有点不敢置信，"您回来了？"

高漫云点点头，她拍拍他的肩膀："你先上去，我和她说句话。"

很多年前，高漫云从阿嵘口中听过梁明月的名字，她也见过最初藏在书架顶的那些画。

她算认识梁明月，但还是第一次这样当面打量。

高漫云仔仔细细地看她，想看看这个女孩子到底有什么特别之处。

看着看着，高漫云叹了口气。

梁明月身上有股很强的反差感，明明气质清冷如兰，却布满了张扬的刺，叫人情不自禁被吸引。

无怪乎她两个儿子都栽在她手上。

高漫云并不想就这件事指责她，错过小骏太多的成长，她甚至不如程文凯有资格发声。

她只是想告诉她："梁明月，你不能活在过去。阿嵘在天上，一定也希望你向前看。"

梁明月垂着眼，一言不发地走了。

高漫云隔着玻璃看见小骏的刹那，眼泪就涌了出来。

他躺在病床上，紧闭双眼，脸色那样苍白。

高漫云没有办法立即走进去，她扶着墙蹲下，双手捂住脸，想慢慢地平复，泪水却从指缝一点点流出。

她怎么会这么狠心？高漫云自己都想不明白。

原来不是这样的。

原来小骏出生后，她因无法给予陪伴，一直心存亏欠，小骏却毫不介怀。他那样活泼可爱，即便一年半载不见，依旧第一时间冲上来叫妈妈，开朗又亲昵。这让他们夫妻俩感到安慰。

等到终于有时间停下来，小骏早已不知不觉地长大。他不再像幼时那样外放，他们便拿捏不好相处的尺度了。

高漫云知道这事急不来，需要日积月累的磨合。可是磨合期还未过去，阿嵘突然走了。

她在重创下陷入负面情绪的沼泽，满心自责，完全没有自信和青春期的小骏相处。

所以她不负责任地离开了。

这些年她看了不少心理医生，如今终于能鼓起勇气，回头看看自己的小儿子。

　　王丛骏并没有睡着，听见轻得不能再轻的脚步声时，他睁开了眼睛，看清来人，他怔了一秒，又立刻闭上。

　　高漫云心都缩成了一团。

　　她来到床边，一点一点道歉，说自己的懦弱，说她有多爱他，说她没有一个晚上能睡好觉，说她错了，错得离谱，他能不能原谅妈妈。

　　王丛骏眼睫颤动，不肯看她，却任由她握住自己的手，任自己的手心被她的泪水打湿。

　　被压至谷底的王丛骏，与高漫云打开了多年心结，状态开始慢慢回升。

　　梁明月那边则风平浪静，好像一切都回到了正轨。

　　周琪儿站在梁明月旁边，一起目送潇潇走进幼儿园。

　　潇潇蓝色的小书包挂了一只小恐龙，跟着主人一跳一跳的，一同消失在墙角。

　　周琪儿看得想笑，正要说给明月听，却发现明月正静静地看着她。

　　周琪儿："怎么了？"

梁明月："周小琪，你没什么事要告诉我吗？"

周琪儿有点慌，"什、什么事……"

梁明月单刀直入："你和阿靖是怎么回事？"

梁明月那天在火锅店看出端倪，本来当下就要问的，后来横生枝节就耽误了。这段时间两人在她面前别别扭扭，无异于不打自招。

周琪儿："我和他能有什么事。"

"还装？"

周琪儿泄气了，她拖着明月的手："好嘛，我说。"

梁明月一直以为是这半年来的事，周琪儿的时间线却直接从十年前盘起。

梁明月越听脸色越青，这叫怎么回事，她完全无法理解周琪儿的脑回路："你一开始就喜欢阿靖？"

周琪儿点点头。

"那你为什么不说？"

"我不敢说。我怕他讨厌我。他一直很讨厌我。"

"你胆子什么时候变得这么小？你还是周琪儿吗？"

周琪儿沉默了，过了好一阵才开口："反正我面对吴靖文，胆子就是很小。"

梁明月不说话了，她看了会周琪儿，忽然说："对不起。周小琪。我那个时候不知道。不然我不会和阿靖去民政局。"

"不不不，那个时候我跟他什么都不是，我有什么立场……"

"那现在呢？"

"啊？"

"现在你们打算怎么办？"

"看他吧……"周琪儿眼神飘忽。

梁明月笑了笑，她说："明天周五，我带潇潇去棠城玩几天。"

"怎么又去？"

"去不是很正常，他们也是潇潇的家人。"

"只是有血缘关系啊，明月，你可不要双重标准，你自己都不认叔叔阿姨。"

梁明月不以为意："潇潇不一样，潇潇和他们相处得挺好，那儿还有个他喜欢的小姑娘，估计把他放那儿他都没意见。"

周琪儿立马警惕起来："你什么意思？你要做什么？你要把潇潇给他们？你好狠的心啊梁明月——"

"你想多了。"梁明月说。

梁明月约高漫云谈潇潇的事，前来赴约的却是王丛骏。

王丛骏作为王家代表，是抱了死灰复燃的心来和梁明月谈判的。

他当然没办法原谅梁明月。可是他也没有办法就此作罢。

理性和感性总是两回事。他在等待梁明月的时间里，脑子里居然一直萦绕着来日方长。

他知道这样很没出息。可是人生中什么最重要呢。他再恨她也不能中止爱她，装得再不在意也不能忍住不看她。他甚至想，高仿又怎样，至少全世界那么多人，只有他货真价实无可替代，只有他能让她想要接近。更何况她明明知道他是谁。

所有的刀都落在身上，他反而有种破罐破摔的笃定感。

想着想着，王丛骏控制不住地期待起来了，他全然好了伤疤忘了疼。当然，他不能让梁明月看出来，他要表现得成熟稳重，对她毫无非分之想。

时隔几月，两人再次相对而坐，难免想起一点上次的心碎氛围。

王丛骏站起身，朝她鞠了一躬，端端正正喊了一声："嫂嫂好。"

梁明月有些许愕然，她皱着眉："别乱喊。"

"没错啊。"王丛骏摆出小叔子的姿态，表示要接纳梁明月作为家庭的一员。

他说："毕竟，潇潇是一定要回来的。名字也要改回来，王潇予，多好听。"

梁明月思索着，一时没接话。

王丛骏："嫂嫂不会不同意吧，那可不行。我们这边是绝对不会放弃潇潇的。"

梁明月问："潇潇会和谁一起生活？"

"这个完全不用担心。我家和程奶奶家都非常喜欢潇潇，潇潇也很喜欢我们，他和小涵方已经是很好的朋友。当然，考虑到嫂嫂肯定舍不得和潇潇分开。我们这边有一个很好的方案。"

"什么？"

"最两全其美的方法就是我们结婚。反正潇潇叫我爸爸。反正假结婚嫂嫂你也不是第一次了。"

梁明月吃了一惊，她瞪向王丛骏，质疑自己是否听错。王丛骏双手上举，诚恳道："嫂嫂别误会。我可没有半点不尊敬您的意思。也不至于犯贱到再送上门来供你践踏。只是一个提案，不同意便算了。不过你最好还是到棠城来，和潇潇一起生活。"

"潇潇可以过去。"

"那你呢？"

"我不去。"

"什么意思？"

"字面上的意思。"梁明月起身离开。

王丛骏终于露出一点着急的马脚，他拦住梁明月这个狠心的女人："你是说你要和潇潇分开？把潇潇丢在棠城？你疯了吗？你要干什么？你要去哪儿？"

梁明月笑了一笑，拿开他的手。"不关你的事。"

梁明月真的不见了。

王丛骏满世界疯找，问到吴靖文那儿。

吴靖文说："你还不明白吗？遇到你之后，明月为什么肆无忌惮，为什么不见好就收，你想不明白吗？她早就不想撑下去了，也不想有退路。所以才把潇潇还给你们。你找不到她的。找到也没有意义。"

尾声

毕业之后，王丛骏进了电力系统。一次出郊外维修设备，坐了村里的小皮卡，乡间坡路颠簸得不行，身旁的伙伴们还有兴致放声高歌。

这年王丛骏二十五岁，在基层磨炼三年，正要高升。

中间的荒唐岁月远去，王丛骏逐渐和童年接近。工作之余带着潇潇四处玩耍，潇潇一口一个爸爸，大家不用问就更相信了。王丛骏很得意他们的相像，还老和程文凯炫耀："我抱着潇潇，谁不说是父子？"

同事的高音唱到激昂处劈了，引来一片嘘声。

王丛骏靠着护栏，一面含笑听着，一面在旷野蓝天中感到久违的开阔。

金黄的麦浪在他们身侧起伏，不远处，有人支着画架在写生，王丛骏扫过一眼，忽然站了起来。他跳车滚进了草丛里，穿过田野追了上去。

——全文完——

番外　他的星星

初二那年暑假，梁明月爬树扭折了腿，外公便给她下了软禁令。

明月困在家哪儿都去不了，只好每天和吴靖文吃吃喝喝喝下象棋。

吴靖文从来没有说过，这年夏天，是他初中最开心的一段时光。

以往他总要追在明月身后，明月总有层出不穷的新鲜事物去追逐，很少将目光放在他身上。

如今却不一样了，她单腿高高架着，做什么拿什么都先看看他在哪儿，一边指使他一边给他讲笑话。

将他这么使唤了几天，梁明月良心发现，投桃报李道："阿靖，你等我好了，一定也天天给你做牛做马。"

吴靖文口中说着："最好是。"心里其实是甘之如饴的。他难得感受到她对自己的依赖，甚至希望这样的日子再久一些。

而梁明月痊愈之后，果然早将自己的承诺抛到了九霄云外。

她重新变得潇洒张扬又活力四射，像全天下最好看也最自由的鸟儿，吴靖文喜欢她尽情展翅的样子，光看着就让人心生畅快。而他生性内敛，早习惯了站在她身边，保护她也被她保护。

本以为这样朝夕相处的年月还有很久，明月却忽然被她半路冒出的父母接去了邵城。

吴靖文的决心下得很快，他谁也没有告诉，只身一人去一中参加了优生考试。

他在想什么呢？他什么也没想。只是不想和明月分开。

少年人的情愫直接又朦胧，有些事他二话不说就做了，某些话他却从未想过要说出口。因为他了解明月，明月的行动力比他强上百倍，如果她心中有和他一样的想法，他一定早就知道了。

但是没关系，吴靖文告诉自己，一切都还早，他有耐心等待。

可是变故发生得太快了。

外公的骤然离世，将明月激成了一个易燃易爆的炸弹。

有次他陪着她时，梁薇和沈继华恰好找来，话未说几句，明月抄起手边的东西直接砸了出去。

吴靖文看了只觉不忍。

他知道明月在迁怒也在惩罚父母。她同样不肯放过自己，自我放逐式地流连在砚山。

他的星星不再展颜。他却无能为力。

王南嵘和他不一样。

吴靖文从见王南嵘第一面，就知道两人不同。

王南嵘明明也张扬外放，却如冬日暖阳一样和煦，他很爱笑，也很爱逗明月，明月说什么他都不恼，就算真被惹恼了也只是生会儿闷气，转个身的工夫又自己架好台阶下来了。

高二快结束的那个六月，趁着午休时间，吴靖文穿过几栋教学楼，来替班主任拿资料。

偌大的集体办公室只坐了两三个老师，吴靖文一进去便看见了梁明月，她坐在秦老师的桌前，低着头专心致志地做英语测验，连他经过都未发觉。

吴靖文向年级主任说明来意，便在一旁等待，办公室的大门又一次被推开，王南嵘轻手轻脚地走了进来。

主任直接发难："王南嵘，你鬼鬼祟祟的干什么？"

王南嵘面不改色："报告主任，我来替秦老师辅导梁明月同学学习。"他抬手和吴靖文打了个招呼。

主任哼一声："少编鬼话，赶紧回教室去！"

王南嵘只是笑："好主任，好叔叔，您也知道，没过几天我就要跟我爸回棠城去了，一寸光阴一寸金，您就大人大量，放过我和明月吧。"

办公室里的其他老师都笑起来，主任睁只眼闭只眼任王南嵘在梁明月身边坐下，只回道："你小子别欺负我语文不好，这句诗是这么用的吗？"

王南嵘："当然是的。"

吴靖文在旁听他们一来一回地说话，只觉口中发苦，他完全没想到王南嵘敢这么和老师开玩笑，更嫉妒王南嵘能光明正大地坐在明月身边。

那是他的位置。

那本该是他的位置。

这话在吴靖文心底翻滚过不下千次，却一次比一次没有底气。

毕竟他作为旁观者，早将明月这一年来的变化一点一滴看在眼里。他再不甘，也不得不承认——

是王南嵘的融融光芒化去了明月的坚冰棱角，拾起了她的星光。

吴靖文退却了。

他未曾真正争取过，就退到了好友的位置。

其实细算起来，他也曾卑劣地，故意在王南嵘面前展露与明月的亲密，以期两人生隙，可王南嵘远比他想象中要更沉得住气。

　　王南嵘是个很聪明的人，他怎么可能看不出女友的竹马在想什么，可他偏偏假装不知道。

　　这样吴靖文的底牌便失效了。

　　他能赢过王南嵘的无非就是时间，可王南嵘总有一天会追上来。

　　只是谁也料不到，王南嵘的时钟，永远定格在了二十二岁。

　　梁明月也将一部分的自己，留在了那年夏天。

　　她虽没有就此消沉，一蹶不振，却很少再开怀大笑，也失去了曾经丰沛的好奇心。

　　潇潇三岁生日那天，吴靖文和明月带他去了邵城一家新开业的儿童游乐园庆生。潇潇小小人儿一个，在海洋球里翻来滚去，玩得咯咯直乐。

　　明月脸上也带着笑容，在一旁护着他。

　　吴靖文看着母子俩如出一辙的白皙面庞，心想，他就这么守着他们也挺好的。

　　这个念头在当晚便被掀翻了。

　　吴靖文夜半起身，路过客厅时发现阳台门大开，走过去一看，梁明月只身倚在护栏边，黑发被风扬起，指尖有红光闪烁。

　　她听见动静回身来看，两人在月光下对视，谁都没有说话，梁明月抬手，将火光在护栏上摁熄。

吴靖文从未见过她这个样子，却忽然明了今夜这才是真正的梁明月。她漠然地站在那里，好像随时能叫身后的黑夜吞噬。吴靖文此刻才觉心惊，冷汗从脊柱密密升起。

　　梁明月是什么人，她的性格里从来没有什么岁月静好。他要有多自欺欺人，才会觉得梁明月能继续这么无波无澜，平和地度过余生。

　　"你……"吴靖文嗓子发干，话还未说完，梁明月已走了进来。

　　"很晚了，睡吧。"她说。

　　经此一遭，吴靖文算是看透了梁明月。他未将话说穿，却劝她备考雁大的研究生。

　　他想让她专注于别的事，也想让她故地重温，做自己的解铃人。

　　事态却往最不可控的方向滑去。

　　在监控录像中看清王丛骏的脸时，吴靖文又惊又怒，惊的是这人与王南嵘的相像，怒的是梁明月怎么敢这么不管不顾？

　　面对他的质问，梁明月却出乎意料地平静，她执意要去棠城，像知道有这一天。

　　吴靖文多了解她，他觉得可笑又悲哀。

　　事情比他想的还要糟糕，明月这一年来的反常都有了缘由。

周琪儿是个傻的，知道明月不见了，呆愣愣地要去找人。她不信明月会如此心狠，连潇潇都舍得下。

王丛骏更疯，三天两头过来堵人，他笃定他们知道梁明月的去向，不信梁明月会走得如此干脆利落，一点余音都不留下。

可惜回回都失望而归。次数多了，王丛骏不再问了。

吴靖文和王丛骏，因为有潇潇做纽带，两人渐渐也相熟起来。

潇潇对王丛骏的"爸爸"身份一直深信不疑。他们之间也并不避讳说起梁明月。

王丛骏告诉潇潇："我们家和别人家不一样，要玩了游戏才能团圆。之前是你和妈妈找我，现在是我们去找妈妈，什么时候找到了，什么时候就能永远在一起。"

吴靖文对他的说辞保持缄默，在他看来，王丛骏在某种程度上和梁明月是相似的，所以才可以在所有人都不抱希望的情况下，日复一日，年年月月地找下去。

*

王丛骏跳车追过去时，心脏跳得快要爆炸了。

他从未有过如此强烈的直觉，笃定那侧坐着的身影就是梁明月。

兴许是被他狂奔的姿势吸引，田旷上坐着的青年男女纷纷停下了画笔，好奇地看着他。

唯一不看他的那人戴了一顶草帽，大半张脸都遮在帽檐下，正不紧不慢地动着手腕。

王丛骏弯腰撑着膝盖，平复喘息之后，直接摘了她的帽子，扔到一边。

"梁明月。"王丛骏咬牙道，"你敢不敢看我一眼？"

梁明月慢条斯理地收了画笔，又开始折叠支架。

五年不见，梁明月并无多少变化，她扎了低马尾，眉眼五官如画般清丽难言，王丛骏一眼不错地紧紧盯着她，一秒都舍不得移开。

明月却和他相反，她收拾完东西，起身从另一条小道离开，从头至尾未看过他一眼。

王丛骏心中暗恼，他心中设想过无数次与她重逢，从没有想过她会这样冷淡，话都不跟他说一句。王丛骏心冷又失望，他站在她身后，脱口道："梁明月，你又要一走了之吗？"

梁明月停住了脚步。

王丛骏："你知不知道我找了你多久？这么多年，你还是不要我吗？"

梁明月回过头，张口欲言，王丛骏打断了她，他语气重新变得强势："不过这次，你休想再甩掉我。"

梁明月一扬下巴，看着他道："废话这么多，你还走不走？"

王丛骏呆了一瞬，梁明月已迈步向前，他浑身热血沸腾，一阵风似的追上了她。